未聞花名
上
岡田麿里 著
あの日見た花の名前を
僕達はまだ知らない。

# 不論何時，直到永遠，我們都是好朋友——

他們是一群曾是好友的兒時玩伴，自稱「超和平Busters」，六個人總是玩在一起，但升上高中以後便各自分散。幾乎成了家裡蹲的仁太；為了與辣妹朋友們共處而費盡心思的安鳴；進入升學高中的雪集與鶴子；沒有進入高中就讀、忙著環遊世界的波波。此外則是唯一沒變的少女——芽芽。芽芽突然出現在仁太面前，表示「請他實現自己的心願」，於是六個人再度聚集在一起……

**仁太**
**宿海仁太**

從前在六個兒時玩伴之間是中心人物，但升上高中以後，成了輕度的家裡蹲。

**芽芽**
**本間芽衣子**

皮膚雪白，給人感覺有些夢幻的少女。個性天真爛漫，在六人中是吉祥物般的存在。

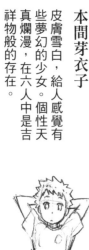

安鳴
安城鳴子

外型亮麗的時下辣妹，其實剛上高中，和仁太同年。

鶴子
鶴見知利子

一板一眼的優等生，興趣是看書，和雪集上同一所高中。

雪集
松雪集

長相俊秀，家境優渥，從小到大沒吃過苦，頭腦聰明，就讀升學高中。

波波
久川鐵道

從前個子矮小，就像大家的弟弟一樣，現在長得人高馬大。沒有上高中，在世界各地到處旅行。

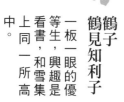

# 目次

# 未聞花名

上

岡田麿里

許金玉─譯

あの日見た花の名前を
僕達はまだ知らない。

# 記憶其一

想都不用想，在那個地方想怎麼玩就怎麼玩。挖開樹木底下的鬆軟泥土，就能找到大量獨甲仙的幼蟲；在河灘盡可能尋找平坦的石頭，然後打水漂；或用松葉玩相撲，一二三木頭人也不錯。

若要玩顏色大風吹可能無法盡興。因為在山上玩的顏色大風吹，都只能指定綠色、褐色和灰色，哪還有其他顏色？

——啊，還有那個顏色。有白色。她總是穿著的連身裙的白色。

但是，那抹白色就像在浴缸裡頭攤開毛巾，包覆住空氣形成水母狀一樣，一瞬間鼓滿了風，轉眼間就變成了藍色。

即使白色從那個地方消失了。

為了代替前一秒才消失在眼前的白色，明天就自己穿上白色T恤吧。意識朦朧間，我下定了這樣的決心。

# 夏天的野獸

夏天的尾聲熱得教人懶洋洋提不起勁，逐漸變長的劉海刺激著眼皮。兩天沒有洗澡了，表面覆滿了汗水與油脂的髮尾有種黏膩的觸感，我有些煩躁地用橡皮筋綁起來。

潛入自己的精神世界，與棲宿在裡頭的七大原罪，以及第八項未知的慾望戰鬥……在這種標語有如國二臭小鬼說夢話的電視遊戲上，我已經浪費了一百五十六個小時。

淺顯易懂地Q版化了女性器官的「色慾」重複著一張一合。我俐落地逐一將它們殺個片甲不留，也順便俐落地——一味無謂地浪費掉高中一年級的夏日時光。

蟬時高時低地鳴叫著，好熱。

這樣的設計未免太露骨了。螢幕上是青紫色的色慾，中心噴出了奇妙汁液的色慾。也不檢討自己都沒有洗澡，我心想著好髒啊，用機關槍一個個掃射那些醜陋的不淨存在——

「仁太，這是迷唇姊嗎？」

「才不是迷唇姊咧。」

「可是嘴唇很厚耶？感覺很像是迷唇姊的『從堂姊妹』喔。」

——仁太。

這道甜美的嗓音，遠比自行生產的汗水與油脂還要強力地黏附在我肌膚上。

「仁太，你知道從堂姊妹是什麼嗎？我跟你說喔，就是爺爺的妹妹的孩子的孩子唷。所以芽芽的從堂兄弟就是小貴！」

「……」

……我大概是肚子餓了。

出現覺得很閒或是肚子餓的空檔，是件非常不妙的事情。因為多餘的情感會強行闖進那片空白。

必須簡易又迅速地填補起這片空白，這種時候……

「……就吃鹽味拉麵吧。」

「哇啊！鹽味拉麵，芽芽也要吃！」

站在與起居室相連的廚房，唰地劃下火柴。瓦斯爐現在遲遲難以點著，我舉起火柴湊向釋出的瓦斯氣體後，轟地一聲巨響，竄起了熊熊火焰。

我喜歡鹽味拉麵。等水煮沸，再小心翼翼地靜靜打蛋進去，絕不將蛋攪散。

「啊！打成蛋花比較好啦，蛋花！」

……沒錯，我絕不會打成蛋花。要用筷子輕輕地戳一下成了太陽狀的蛋，讓流出來的半熟蛋黃與麵條融合在一起，遠比蛋花更有成熟大人的風味……

「討厭，要變成荷包蛋了啦！快點把蛋攪開！」

「……」

我才不接受不切實際的事情。不管是ＵＦＯ、未知物種、未知飛行物體……還是幽靈。

「嘶……」

我用鼻子靜靜地吸一口氣，平復不自覺間變得紊亂的呼吸。

既然無法接受，從一開始就要無視。因為再輕微，一旦意識到了，那就等於是接受了。

「啊——你看，熱水開始冒泡了！快攪開……快——攪——開——！」

三分鐘。三分鐘就能煮好。

然而，打電動時一眨眼就過去的三分鐘，現在卻非常漫長。

麵條啊，請你以迅雷不及掩耳的速度煮好吧——就在我焦急地祈禱時，故障了的對講機響起了走音的詭異鈴聲。

「仁太，你不去看看是誰嗎？」

「……」

老爸出門工作期間，無論對講機響了多少次，我大抵都徹底予以無視。但是……人類再怎麼能夠無視，終究有著極限。這陣鈴聲也許就是老天伸出的援手。

（趁現在逃離這裡吧。）

我感謝著偶然，先關掉爐子的火。荷包蛋已經無法流出半熟蛋黃了吧，連麵條也會完全變爛，但這也無可奈何。我走向玄關。

「就是現在！攪散吧——！」

同時，隔著留有冷汗痕跡的後背，我感覺到有人喀噹喀噹地攪散了鍋子裡的蛋——

「來了……嗚?!」

喀啦喀啦，一打開容易鬆動的拉門——門外就是一名體現了「色慾」，彷彿將女性器官黏貼在臉部上的少女。

「……嗨。」

曬成淺小麥色的肌膚，和顯得突兀的水藍色眼影，加上明顯的裸露……刻意暴露出寒酸的未成熟胸脯這點，莫名生澀稚嫩，讓人很不舒服。是色慾。

「什麼嘛，你看起來精神很好啊。」

「啊，嗯……」

真是災難性的一天。

衝擊之後又是衝擊……可惡，真想全部剷除。不管眼前的現實還是屋內的虛幻，全部都用那個遊戲裡的機關槍一鼓作氣掃射，碰碰碰碰碰——

慢著，等一下。如果眼前的人看到了屋裡的東西……那會怎麼樣？

「……拿去，是班導託我拿給你的暑假作業。」

眼前的少女態度冷淡地將一疊紙遞給我。

「啊？暑假……喂，八月都已經要結束了，只剩下兩天了吧！」

面對睽違已久……不，真的是隔了整整三年才又說到話的少女，我不禁反射性地語帶埋怨，直接脫口說出輕掠過腦海的疑惑。聞言——

「那又怎樣，你一直都像是在放暑假吧？而且我和宿海不一樣，有很多事情要忙。」

少女與輕浮的外表截然相反，說話的語氣成熟穩重，讓人完全感受不到時間的飛快流逝，彷彿徹頭徹尾將我看穿了一樣。

什麼啊，真教人火大。

「這種東西隨便找個地方丟掉就好了吧……反正我也不想再去那種白痴高中上學。」

我忍不住惡毒痛批，瞬間——水藍色的眼影忽然之間看似變得深邃。少女的雙唇微微抖動，沒有形成聲音。

「嗯……？」

她想說什麼？對意識到自己分心了的我……一陣空白襲來，出現了空檔。瞄準了防禦變得薄弱的地方，少女丟來了一句直搗痛處的話語。

「你這樣子真難看。」

「什……?!」

我難看？

可以感覺到耳朵一帶變紅發燙。妳懂什麼？

真想反駁。最好是犀利毒辣又簡潔有力，能夠對這傢伙造成最大傷害的一句話……！

「哎呀，是誰呢？」

「……」

聽見背後傳來的聲音，火熱發燙的整個身子霎時一口氣冷卻下來。

我沒有回頭，暗中觀察眼前的少女——安城鳴子的表情。對於我的視線，她正納悶地皺起眉。沒錯，就只是對於「我的視線」。

安城看不見嗎……？

「宿海，你怎麼了？臉色很糟耶。」

安城這麼詢問後，身後的問題人物發出了「啊啊！」的高亢尖叫聲。

「這個聲音！我知道，是安鳴～——！」

然後極度天真無邪地說出了那個禁忌單字。

「什……不准喊安鳴啦！」

我反射性地想要打斷。就算對方是體現化後的「色慾」，大白天就這麼叫她也太不恰當……

「……啊。」

轉瞬之間，眼前安城的臉頰變作了比青紫色要鮮豔數倍的顏色，然後——

「不、不、不……不准喊安嗚啦！」

她原封不動地重複了我剛才說過的話。一樣，是對我說。原來如此。在安城眼中，說了「安嗚」這兩個字的人是我。對於緊勾著她小麥色的手臂，連聲喊著「安嗚、安嗚！」的存在，則和我一樣徹底無視……不，這並不是無視。

這麼說來，果然……

「呀啊啊啊啊?!」

咚地倒地後，我就此失去了意識。

當時的我並不是這個樣子。

小學五年級的夏天。那年的夏天，我一點也不覺得那酷熱的天氣，和宛如燒烤著肌膚的陽光令人不快。我們總是聚在一起。

1 安嗚（Anaru）與日語的肛門（anal）同音。

各自帶著自己無用的寶物，搬進小學後山那間早已無人使用的小倉庫。那裡是專屬於我們的秘密基地。夏天不論任何時候，我們都在那裡玩耍；不論任何記憶，都是先在那裡留下第一道足跡。

我們的名字是「超和平 Busters」。

才知道不久，才學會不久的單字——Busters。感覺就是指一群很強的人。守護和平，消滅壞蛋……懷抱著這樣崇高的願景以此命名。沒錯，提議的人是身為老大的我。

在這裡沒有人會反對我提出的意見，因為我什麼都是最強的。賽跑也好數學考試也罷，連硬筆展也拿到了銀牌。

「哇，Busters！雖然不太懂是什麼意思，但聽起來好酷！」

雪集排行第二。音樂的成績雖然比我好，但其他全部差我一點。

「『超』這個字感覺很強呢……」

鶴子是極度我行我素的女生。她很會畫圖，但淨畫公主和妖精。如果能畫點更威武勇猛的東西，就能裝飾在秘密基地的牆壁上了。

「如果要取這個名字，就一定要守護和平才行喔。大家辦得到嗎？」

安鳴非常正經八百又一絲不苟。明明沒有人吩咐，也會自行打掃秘密基地。我如果用運動服的袖子擦鼻水，她還會生氣，簡直就像是親戚的阿姨。

「嗚噢噢，仁太，這個名字真的太帥了！」

波波又矮又膽小，腦筋也不聰明。不過，他偶爾會脫內褲很好玩，所以我跟他成了好朋友。

「那就這麼決定囉！好嗎，仁太！」

最後一個是芽芽。

芽芽甜美的聲音總為我帶來衝勁。她老是馬上就哭哭啼啼，那對淚濕的大眼睛就像透著海洋色澤的彈珠一樣。

她外公好像是外國人，芽芽算是四分之一的混血兒。柔和的奶茶色頭髮在陽光底下顯得透明，當髮絲撫過鼻尖，就有種教人陶醉的不知名花香……

只要聽見芽芽的聲音，我隨時都能拔腿飛奔，向她展現我最帥氣的模樣。

沒錯，身為老大的我，必須跑在大家的前方才行，絕不允許出現跌倒之類遜斃了的糗態。

與其跌倒，我寧願飛翔。

在說什麼啊，明明是個臭小鬼——雖然內心深處這麼想著。

但飛起來的人，並不是我。

轟嗡嗡嗡……

B-29轟炸機的引擎聲從遙遠的過去傳來。

暑假的自由發揮研究作業，「超和平Busters」研究了戰爭。帶著「研究戰爭」這種太過粗糙又模稜兩可的主題，我們跑去請教了一位住在附近、走起路來步履蹣跚的老爺爺。

「嗯，就在身高和你們一樣高的時候，我抱著弟弟跑進防空壕裡。弟弟緊緊抱著我的雙腿，那種感覺很溫暖呢……」

我低頭看向感覺溫暖的雙腿之間。

「……！」

一雙修長的腿正緊緊夾著我的大腿。

以我的手臂為枕頭，靠著胳肢窩的那張睡臉上，有著長到嚇人的睫毛，此外還有掠過鼻尖——那種令人陶醉的花香。

轟嗡嗡，電風扇左右旋轉著，慵懶地持續表達否定之意。雖然我從來沒有留意過，但也許電風扇是體貼的傢伙。

「我……有病吧。」

我現在正面臨著緊急事態。

對於這陣香味、這張睡臉，其實根本不用猜。但是，卻有我從來沒見過的——因為

「嗯……」

儘管彩度稍嫌不足，但從白色連身裙的衣領，依稀可以瞥見白皙到教人頭暈目眩的隆起。就我所知，從前那傢伙的同一部位，應該沒有明顯到足以使人產生某些情感。

毫不顧忌地跨在我肚子上的小腿也是，充滿彈性的肌肉有著優美的和緩弧度。

被呈現銳角的膝蓋抬起，連身裙的裙襬掀了開來，雖然從我的角度看不見，但底下多半就是……

「……」

壓在下腹部的宜人重量更是雪上加霜……這下子再不逃跑可就大事不妙。不能在這種異常事態下讓自己的青春期性衝動爆發。我悄悄地、悄悄地抽開手臂……

「嗯~……」

然後我整個人僵住了。正是問題來源的那個對象，在長長的眼睫毛眨了好幾次之後——

「啊……仁太，早安。」

朝我露出了傻氣的笑容。那種太過沒有防備的笑臉——啊啊，真是再熟悉不過，令我感到暈眩。

「太好了~因為你突然就暈倒嘛！芽芽還以為你死掉了！」

「……」

還以為你死掉了……

「嗚……嗚、哇啊啊啊！」

我忍不住大聲慘叫，慢慢地跳起來，接著拔足狂奔。

「咦……仁太?!」

喀答喀答喀答……磅！

我衝進廁所，用力關上門。上了鎖還不夠，順勢以雙手牢牢地固定住門把。

「仁太，你怎麼了！」

咚！咚碰！門板搖晃著。

不過幾個月前，高中才開學不到一個星期，我就從外面的世界逃進家裡。只要躲進家裡，應該就能暫時保住和平。然而，竟然出現了這種始料未及的侵略者。避難場所變得越來越狹小，讓人感到非常無助——萬一連這裡也遭到侵略，我就再也無處可逃，必須想盡辦法死守住最後的堡壘。

「便便？欸，你在便便嗎～？」

……甚至不讓我嚴肅地思考問題。

我才不接受不切實際的事情，也絕不相信任何靈異現象。但是，如果這傢伙真的是——

本間芽衣子——芽芽的話。

為什麼年紀變得比那時候大了？為什麼……為什麼？

「妳、妳為什麼……會、會出現在我這裡啊?!」

「咦~？」

發出的聲音變得尖銳。恍然回過神，我發現自己的膝蓋在瑟瑟發抖。雖然很窩囊，但在這種緊急事態下也是情有可原。

「妳是幽靈吧?!」

「嗯~果然是嗎？」

「怎麼想都只有這個可能性吧！為什麼到了現在才出現在我面前……而且還長大了?!」

「唔……你問我，我也不知道的啊！」

「……」

不知道……的啊。

這是當時很流行的動漫角色的說話方式。聽到這教人渾身無力的發言，我的雙腳擅自停止了顫抖。

「不過～我想，芽芽大概是希望你實現我的心願喔！」

「心願……什麼心願啊……」

「這個……我也不知道的啊！」

那是徹底無憂無慮，聽來像是對現在的狀況樂在其中的那種聲音——

磅！

「啊，仁太出來了！」

……自己一個人怕得跟什麼一樣，實在是太蠢了。再怎麼笨也該有個限度。既然是幽靈，就像個幽靈一樣把我嚇得屁滾尿流，或者恫喝我啊，要不然——

「……就無法實現吧。」

芽芽歪過腦袋瓜，小聲地「咦？」了一聲。我朝著她傾身大吼：

「不知道有什麼心願，那要怎麼實現啊?!妳腦子裡到底在想什麼！」

「啊啊，口水噴出來了啦——！討厭，張開防護罩——！真是的，讓我想想……」

芽芽用小手撐著下巴，十足刻意地擺出沉思的姿勢。

「嗯……我覺得呢，那是要大家在一起才能實現的心願喔！」

「大家……？」

「對啊，大家就是大家呀。超和平 Busters！」

啊……有某種黏答答的東西纏在喉嚨深處。教人既懷念又刺痛的發音。超和平 Busters。

「我們先去拜託安鳴吧！剛才我也沒能好好跟她打招呼……」

我立即打斷說到一半的芽芽。

「妳也看到了吧？那傢伙已經不是妳認識的安城了。」

「咦咦？安鳴就是安鳴唷？」

外表變了，但內心完全是小孩子，還是那個芽芽，根本是雞同鴨講。

「我說了！……那傢伙已經不是那時候的安鳴了。就算去拜託那個臭婆娘，她也不可能會幫我們！」
「臭、婆娘？」
「就是笨女人啦！總之！那傢伙已經不再是朋友——」
「我不要！」
我吃驚地看向芽芽。那雙淺色的雙眼泛著淚水，有如透著海洋色澤的彈珠……
「我不要……我討厭說安鳴壞話的仁太！」
「……芽芽。」
「欸！我們再去找安鳴吧！去拜託她吧，仁太！」
幽靈逼著我與從前的同伴接觸。一邊哭著，一邊逼迫我。對這太過荒唐可笑的狀況，對她的淚水——沒來由地，我瞬間恍然大悟。
是啊，這傢伙也許根本不是什麼幽靈。
她是我因現狀而產生的壓力，和我懷有的精神陰影……罪惡感。這些情感隨著夏天的酷熱交織在一起，然後出現在這裡。
這樣想來，也能解釋為何安城看不見芽芽。

是我創造出了眼前的芽芽。

正是那個時候、那年夏天的我所創造出來的，目的則是為了用來責備這年夏天的我——

「……」

呼——我長嘆了一口氣。更趁勢一鼓作氣吐出了累積在腹部的震驚與動搖，以及可能順著自己心意改變了的甜美過去。

「我知道了……就去向安城拜託看看，說說妳那個心願，這樣總可以了吧？」

「仁太！」

芽芽依然噙著淚目，高興地綻開了傻氣的笑容。

沒錯，拜託安城之後，她就會明白了。

芽芽和當時的我，也都能理解吧。

不只是安城——一切都和那時候不一樣了。

外面世界的炎熱與屋內完全是不同次元。

夏季尾聲的黃昏……跟這種美好的形容壓根扯不上邊。怎麼回事？柏油路面好黏。鞋底黏在了地面上，無法順利邁開腳步——所以我遲遲無法前進一步。

絕對不是因為害怕。

「仁太，你不跟阿姨打聲招呼好嗎？」

芽芽走在我前頭，有些在意附近的老太婆們正看著這邊悄聲交頭接耳。

若以領域來思考屋外這個範圍，這些傢伙是不費吹灰之力就能打贏的敵人。用不著這樣偷偷摸摸，只要靜靜反望回去，她們就會自動過意不去似地別開視線。

根本不需要害怕，因為她們之於我的人生一點必要也沒有。沒錯，我不用對任何人感到自卑。雖然唯獨對於全然不怪我這麼遊手好閒的老爸，有那麼一丁點感到抱歉……但如果遭到攻擊，總之就必須防守。

坦白說，光是應付小嘍囉，有時就讓我精疲力竭。

「哎呀，仁太，安鳴家是在這邊唷～？」

我刻意選了路在走，儘量不會有從前是同所國中的同學們經過的路。雖然無論選擇哪條路，景色都沒有太大的差別。放眼望去淨是山、山、山，這裡是所謂的盆地，不管前方是超市還是公園，總之背景都是山。

既然有這麼多山，能不能其中有座山轟轟烈烈地崩塌呢……現在這樣子哪裡也逃不了嘛。

躲起來的不只是我。這座該死的城鎮也隔絕了來自外界的空氣，躲在這裡。

「好久沒去安嗚家了呢～噗哩噗哩便便～♪」

芽芽——「精神陰影與壓力混雜交織，過去的我為了指責現在的我而出現的東西」顯得興致高昂。

「安嗚呀，在仁太倒下之後，把你拉到了房間裡喔，還替你蓋了毛巾毯！」

唬人的吧……

「然後呀，她還關了爐子的火，為泡到膨脹的拉麵蓋上保鮮膜，再放進冰箱裡唷。」

未免太細心了吧……

「還有呀，她將仁太拉到有暖桌的房間時，好像還說了好臭。」

早知道就洗澡了……

「安鳴真的很溫柔呢！啊，可是安鳴……」

「停。」

他人看不見也聽不見，但我還是下意識地打斷芽芽。

「不要……叫那傢伙安、安鳴啦……要叫就叫安城或鳴子。」

「咦咦？為什麼？」

這是我們小時候不經大腦所取的小名，全名是「安」城「鳴」子，所以叫她安鳴。當時覺得所有事物都用簡稱很酷，比如瑪莉（超級瑪莉兄弟）和ＦＦ（Final Fantasy）。

小孩子真是可怕又凶殘的生物。要是知道意思，我們應該會更加慎選要簡稱的字，像是安子或城鳴……但是……

「啊！是蒲公英！」

「……」

根本沒在聽我說話。

「陰影壓力指責下出現的芽芽」悠然自得地上前摘蒲公英。那幕光景太過自然……這個時期開花的是西洋蒲公英……竟然，不由得想起了小時候老媽曾這麼告訴我。

「好了，卡介苗！」

蒲公英的莖從被扯下的斷面滲出了黏稠的汁液，芽芽將其放在我的手臂上。白色的汁液循著圓圈狀的花莖流至手臂。

「妳……」

「仁太看起來好像很不舒服，這是打針——！」

我會不舒服都是妳害的。雖然想這麼說，但她的笑容一樣那麼自然，「普通」得無懈可擊，所以我嚥回了話語。

「啊！這裡跟那裡都長著蒲公英耶！蒲公英、蒲蒲、蒲公英——♪」

芽芽歌唱般地一一摘下蒲公英，朝著花朵的部分伸出大拇指轉一下，一邊喊著：「斷——頭——鍘——！」一邊天真無邪地扼殺蒲公英的生命。

慘遭屠殺的蒲公英的頭儼然像是糖果屋兄妹扔下的路標，為我指出前進的道路……點點散落著。

果然。

是為了責怪我，由我自己所創造出來的，芽芽。

不埋怨我，也不動手揍我，採取一點一點地對我造成傷害的方式，向我主張自己「已經不在這裡」。

「仁太，你看你看！」

啊啊，我為什麼這麼冷靜地接受了這種異常狀況呢……是因為天氣太熱，腦袋沒在運轉了嗎？

大概是厭倦了屠殺蒲公英，芽芽爬上鐵路旁的木樁，往下一個木樁不斷跳去。

我用還渾渾噩噩的腦袋，注視芽芽雪白的腳踝。不是年幼少女，而是女人的腳踝。

對了，這傢伙沒有穿鞋子。為什麼？明明有腳。是我精神陰影的經驗值太過稀少，連花樣少女的鞋子也想像不出來嗎……

「呀……?!」

聽見芽芽的驚呼，腦中猛然出現一段空白。

芽芽身子一晃失去平衡，腳在木樁頂部那四邊各十公分的安全地帶打滑——

「……?!」

那天的那件事瞬間掠過腦海。

事情發生的時候，我並不在現場。

然而，卻一而再地重複播放著，縱然想遠離也會掠過腦海。彷彿自己親身經歷過一樣，甚至能回想起帶著濕濘苔蘚臭味的土的觸感。

那天我一個人回家了。按理說，平常那個時間我還在和大家玩耍，卻生著悶氣、鬧著彆扭……對了，那天我不是吃鹽味拉麵，而是吃著味噌拉麵。自那之後再也無法吞進肚子裡，明明比起鹽味，其實我更喜歡味噌。

老爸的車子停在家門外。他粗魯地打開車門，我倏地油然心生怪異的感覺。大門被用力推開，接著是急促的腳步聲。怪異的感覺越來越強烈，然後——

「仁太！芽芽她……！」

我完全聽不懂。

不，是不想聽懂。但是……理應封閉了思考的我眼前，未曾見過的影像卻帶著太過真實的感受迎面撲來。

「芽芽她——」

在比平常一起玩耍的那個地方下面一點的溪谷——

「跌倒摔下去了——」

在連接著溪谷的斜坡上頭，松果都腐爛了的那處地方，水流深又藍的那個地方——

「摔下去了——」

「嗚……嗚啊啊啊啊！」

我往前飛撲。

想要抱住現在在我眼前，快要從木棒摔下來的芽芽；想要將時間倒轉回那一天。於是——我的手揮空，難看地劃開空氣。

「……仁太？」

芽芽怔怔地看著我。多半是順著失去平衡的力道，輕輕扭過身，降落在了木樁外側吧。

況且她是我創造出來的幻想，不可能再死去一次。但是，我在驚慌失措什麼啊……如釋重負的同時，苦澀與丟臉全混在一起。

「妳在幹嘛啊……！」

總之我只能先鬼吼鬼叫一番，就在這時——

「……你在幹嘛啊？」

背後傳來聲色與我截然不同的，男生的聲音。

是陌生的低沉嗓音。但是，我對於話聲中有些冷漠的感覺很熟悉。心臟彷彿要扭轉過來，用力地跳動了一下。

站在那裡的人——穿著曾是我第一志願的高中制服。

超和平 Busters 的老二，總是所有事情都略遜我一籌的松雪。以及個性文靜又我行我素的鶴見……

你們什麼時候追過我了？

你們有那麼了不起嗎？

還是說——我跌倒了？

「你在幹嘛啊，沒事嗎？」

「啊，嗯……沒事。」

我也不曉得是指什麼沒事。明知道自己的用語顯然有錯，我還是別開目光，重新戴好帽子。真想快點離開這裡——

「哇啊啊！是雪集跟鶴子！」

芽芽興高采烈地哇哇大叫，在兩人間跑來跑去，一點也沒有顧慮到我的心情……是為了指責我嗎？

「喂，芽芽，走了！」

我不禁火大地脫口而出。

松雪的表情瞬間凝固。

「啊？為什麼提到芽芽……？」

松雪的嘴唇微微顫抖著，站在一旁的鶴見顯得不安地交互看向松雪和我。

朝我釋出的情緒……明顯是憤怒。

「你到現在還在說這種話嗎？」

「喂，松雪。」

鶴見斜眼睨向松雪，但他不以為意。

「宿海，聽說你沒有去上學吧？」

「！」

毛帽內部頓時熱得幾乎要沸騰。

為什麼、你會知道這件事？話又說回來，老大竟然……被老二瞧不起……

大概是察覺到了流竄在我們之間的奇妙氣氛，剛才歡天喜地的芽芽也擔心地注視著我。

「考上了這邊最低等的高中……結果還窩在家裡，喊著本間芽衣子的名字。你腦子是不是進水了啊？」

「松雪，你別太過……啊。」

不用他開口說教，我早已邁開腳步移動。

「仁太?!」

背後傳來芽芽的聲音。「芽芽討厭說仁太壞話的雪集!」

我沒有奔跑，充其量算是快走。

我不想讓他們覺得我是落荒而逃，不想讓他們看見我沒出息的背影。彎過轉角，一想到逃離了松雪他們的視線，瞬間便流下大量汗水。

不，沒出息的背影已經讓他們看見了。毛帽內部很悶，很癢。不單是頭，全身都在發癢。並不是因為沒有洗澡，是血管一鼓作氣……

「仁太，等等我!」

聽到身後傳來芽芽的呼喊，我停下腳步……但是，我不會回頭。一切都稱了這傢伙的心意。

芽芽的赤腳，腳底一定沒有半點傷痕吧。我知道。我知道妳想做什麼。

幼時的我，在指責現在的我。想將我確實受到了傷害，受到了打擊後，對過去懺悔到想以死謝罪的那副姿態，深深地烙印在眼中吧?

可是啊，芽芽，那樣子……

「這下子妳也清楚明白了吧？大家都變了……不。」

我有些支吾，低聲咕噥：

「變得最多的人——肯定是我吧。」

「咦……？」

「妳可以放過我了吧？」

「！」

我一骨碌轉身，面向芽芽。夕陽的逆光之下，看不清楚芽芽的表情。但是，雙腳果然沒有半點傷痕，修長又勻稱。

我試圖擠出笑容，臉部的肌肉卻做出奇怪的動作。但是，若不至少擠出笑容，過去的我絕對不會心服口服吧。看了我窩囊的笑容，過去的我會捧腹哈哈大笑吧。無所謂，就笑吧。可是，就這樣——

「放過我吧……妳可能不知道，但在那之後，我也過得很痛苦啊。」

「仁太……？」

「真的、很痛苦……所以，妳不要再——」

不要再——我想不到接下來要說什麼，就這麼起腳奔跑。讓她看見我沒出息的背影，我也不在乎。

不單單因為她是我所創造出的幻想，同時也是覺得就算被芽芽看見了，我也無所謂。

明明那個時候，我與沖沖地想向她展現自己最帥氣的模樣。

芽芽沒有追上來。

我在昏暗的室內「啪」地一聲打開電燈開關，原先靜靜屏息潛伏在黑暗中的所有事物頓時無所遁形。

毛巾毯仍在原位不動，只有電風扇還一味地持續表達否定的意圖。我用腳趾踩向開關，關掉電風扇。

冰箱裡有麵條完全泡爛的拉麵，已經不是能吃的食物了，但我暫且置之不理。

「……」

我吁一口氣，當場橫躺在地。

裝飾在房內四面牆壁上的獎狀躍入眼簾。硬筆展、馬拉松、作文比賽……是我過去榮光的墳場。

為什麼現在變成了這副鬼德行？

考試落榜，進了讓人嗤之以鼻的高中——不對，這些事情根本無關緊要。這些並不是原因。

佛龕上擺著母親的相片。一直住院的老媽在我小學六年級時過世了，正好是芽芽去世一年後的夏天。附近的老太婆們議論紛紛說：「都是因為在多愁善感的時期，母親就過世了。」她們根本不懂，那並不是原因。

原因並不存在……我根本不能把錯怪在任何事情上。

總之，唯一可以肯定的是——

當年的夏天並不是這個樣子。

我們是超和平 Busters。

無論在這世上的哪個角落，我們都會守護全世界的和平。當然我是隊長，因為我什麼都是最強的。

不管松雪……雪集，還是鶴子、安鳴、波波，當然連芽芽也認同這一點。大家都跟在我的身後，氣喘吁吁地小跑步跟在我身後。

沒錯——連那天也一樣。

「其實仁太……喜歡芽芽吧？」

起因是安鳴的一句問話。

「啊——？」

對這出其不意的攻擊，我手足無措。

那似乎是非常吸引人的誘餌，大家自顧自地跟著瞎起鬨：「我想知道！」「芽芽也喜歡仁太吧？」壞心眼的浮動雀躍心情不斷膨脹。我生氣地罵道：「白～痴！」

還以為這樣子就能蒙混過關……

「老實說吧，超和平 Busters 之間不能有秘密喔。」

雪集卻一臉認真地逼問我。

「快說、快說、快說~……快說、快說——♪」

笨蛋波波的慫恿聲與規律地訴說著熱意的蟬鳴聲結合在一起。芽芽脹紅了臉，害羞地說：「咦咦咦！大家別這樣……」

大家居然對身為隊長的我這樣說話。我火冒三丈，這樣一來身為隊長的面子會掛不住。為了終止眼下亂七八糟的場面，我忍不住大喊：

「誰會喜歡這種醜八怪啊！」

快說的大合唱忽然停了下來。

明明蟬鳴聲還持續著……雖然我大聲這麼喊了，但內心深處也一陣發涼，心想「糟了」。

我還以為她會哭，因為芽芽是愛哭鬼。可是——

「……嘿嘿。」

芽芽卻笑了。露出傻乎乎的，傷腦筋的笑容——

妳為什麼要笑？

隱藏在憤怒角落裡的難為情突然間猛烈地翻湧而上——我往外飛奔。

「啊……等一下，仁太！」

芽芽追了上來。煩死了，別過來！大家更會亂起鬨吧，別過來！

芽芽跌倒了，但我沒有停下來。分明不是芽芽提起這個話題……我卻心想，芽芽竟然害我丟臉，真教人火大。

因為芽芽笑了。

明明我用生氣蒙混帶過，而且還是以徹底傷害了芽芽的方式帶過。

沒錯，我覺得自己很丟臉。

但是，我卻無法順利地轉換成言語，只是一味地感到想哭——

老爸大概是先回家一趟，又去了老媽入住的醫院吧。屋內充斥著夕陽的微亮餘暉，矮桌上放著袋裝味噌拉麵。拉麵碗裡裝著半熟蛋和切好的蔥，蓋著保鮮膜放在桌上。雖然要我自己煮晚餐，卻很細心地準備了小細節，真像老爸的作風。

我開著電視，開始煮味噌拉麵，身後傳來搞笑藝人「Desuyo。」的著名台詞……是，對～噗～擠～

心不在焉地將蛋丟進鍋子裡，我下定了決心。

明天就突然從背後撲向芽芽，抓住她的頭吧。她多半會有些東倒西歪，但我再踩穩雙腳，對芽芽做些不會讓她跌倒的惡作劇後，再開玩笑地這樣大喊：

「Gomenma[2]！」

我甚至模擬了說話語氣和舉起手的方式，自己也覺得這真是酷斃了的好主意，也遠比電視機裡傳來的「Desuyo。」的段子還好笑。

但是再三練習以後，我卻始終沒有機會展示，一直都沒能道歉。

因為芽芽死掉了。

超和平 Busters。

一如其名，完美地消滅了和平的我們，不知不覺間變得疏遠。

因為發生了芽芽那件事？

不對，也許即使沒有芽芽那件事，我們原本就相差太過懸殊了。無論興趣、喜歡的顏色還是大笑的時機，其實都不一樣。只因為當時還小，沒有察覺到那決定性的差異……就只是待在彼此身邊。所以，就又分開了。僅此而已。

「……」

說什麼「妳可以放過我了」啊。

我的確是很痛苦，芽芽離開以後……即使已經過了五年。有時在某個瞬間想起芽芽，就有種胃部被人往上拉扯的感覺。

但是，我從不覺得自己已經贖完罪了。都是我的錯，芽芽才會……不需要有陰影追趕我，不需要有當年的我指責我，我一直都有股衝動想讓自己徹底崩潰。

然而，為什麼我卻看到了芽芽？

仁太。

2 對不起的日語發音為（Gomen），在芽芽（Menma）前面加上「Go」，形成既有對不起又有呼喊名字意思的雙關語。

那傢伙用甜美的嗓音這樣呼喚我的時候，明明是愛哭鬼，那個當下卻笑了。

那一天，其實我很想向芽芽道歉……對了。

我一直想向芽芽道歉。

「！」

發麻般的衝擊竄過背部，我再也無法靜靜待著不動，一個箭步衝向玄關。將腳尖套進鞋裡時，湊巧大門打開。老爸正結束工作回到家。

「啊，咦？仁太，你要去哪裡？」

「去附近一下！」

我一把推開老爸，拔腿往外疾衝——

真的是去附近一下。

景色往後飛逝，不停變化。

現實中的雙腳並沒有追趕上我在腦海中想像的狂奔，以及焦急的心情，反倒跌跌撞撞，幾乎要摔倒在地。這種時候，我忽然間脫口大喊：

「與其跌倒……那我寧願飛起來！」

我，一直希冀著——

一直期盼著那一天的明天——能向芽芽道歉的明天到來。

沒錯，既然當年的我讓現在的我看見了幻覺，那並不是為了譴責我，而是為了讓我好好向芽芽道歉。

我一直困在過去裡……沒有來由地對任何事物都提不起勁。為了讓總在腦海裡編織著藉口的我，能夠確實地以嘹亮有力的聲音喊出「Gomenma！」——

既然如此——如果我再這麼頹廢下去——

「呼……唔，呼！」

越過被空洞地照亮著的大橋，奔上被夜晚水珠沾濕的草叢，無人整理恣意生長的樹枝勾住了手臂，但我不予理會，然後一抬起頭——

「?!」

眼前就是秘密基地。曾擅自修整無人使用的小屋，但是，已經不再有任何人來到這裡。我還心想這裡已經徹底荒廢，都要傾倒塌毀了，然而——

窗戶卻流瀉出了橘黃色的燈光。

難道是芽芽？她帶著和當時一樣的笑容，待在外觀和當時一樣全然沒變的秘密基地裡，等著我嗎？

等著我來向她道歉嗎？

「芽芽！」

我情不自禁大聲呼喊，打開大門——屋內卻出乎預料呈現一片陌生的景色。

不只地板，連牆壁上也貼著圖案奇妙的毛毯。天花板上黏貼著陳舊的世界地圖，四周散落著書籍和吃到一半的杯裝泡麵。

……有人住在我們的秘密基地嗎？

我們本來就沒有此處的所有權，但我還是沒來由地大為光火，一腳踢飛丟在腳邊的限制級書籍。書本因此翻開，頁面上是熟齡女子穿著有鮮紅色領巾的水手服。是《熟女制服圖鑑》的開頭。

「這是什麼……口味也太重了吧？」

「笨～蛋！那種落差才是男人的浪漫啊！」

身後冒出來的大嗓門讓我嚇了一跳地回過頭。一名格外魁梧，穿著花襯衫的男人站在那裡。

「哇噢，這不是仁太嗎？」

早在我繃緊全身之前，對方非常迅速地喊出我的名字……那種語尾慵懶到教人渾身酥軟無力的聲音是——

「波波……?!」

「好強！竟然能看到芽芽的幻影，實在是酷斃了！仁太果然很厲害！」

……我不認為自己說明得不夠完整。精神陰影與夏天的酷熱所導致的，應該只是幻覺的芽芽。然而，波波卻興沖沖地說：「精神陰影真是太炫了。啊，我最近也學到了一個新單字喔，你知道什麼是共依附（Co-dependency）嗎？」

波波……全名是久川鐵道，雖然外表變得相當高大，但內心多半還和那時候一模一樣。

「你都沒有變呢……」我不由得喃喃自語。
「咦咦！我可是變了不少喔，算是叢林等級？」
他將手伸進褲子裡。我才不想看。
久川也口沫橫飛地講述著關於自己的「諸多變化」。
眼前的秘密基地徹底改變成了久川的風格……聽說他沒有去讀高中，離開了家，靠著打工來維持生計。巨大的世界地圖裝飾在天花板上。他說比起去學校唸書，更想自己親眼看看這個世界。一邊莫名得意地說著事蹟，一邊挺起胸膛指向天花板。
「那些塗了紅色的是我去過的地方！塗了黃色的是我接下來打算去的地方！」
紅色只有零星幾許，而且都劃在越南一帶。
黃色的範圍則是分布極廣……慢著，連北海道和四國都有。我邊端詳邊暗忖：先從國內開始著手比較保險吧？
「那麼，芽芽她有心願吧？」
看來我在吃驚之下，不小心說得太多了……不，也是因為久川是很好聊天的對象。畢竟他是個笨蛋，壓根不用在意他對自己有什麼看法，所以就反射性地回答了吧。

「欸，芽芽是想請你實現她的心願才出現的吧？」

「呃，可能吧。但說穿了，那只是我的幻覺……不如說是妄想。」

久川完全沒把我的話聽進去，咧嘴笑道：

「既然如此！那就大家一起替她實現吧！」

「大家……？」

「當然就是指超和平 Busters 啊！最近都沒有看到大家呢。」

說到大家，就是超和平 Busters。

望著撐大鼻孔，說出了和芽芽一樣的話語的久川，我也和面對芽芽時一樣湧起了煩躁感，因此回道：

「什麼芽芽啊……這種事情誰會相信。」

我說了和面對芽芽時一樣的回答，站起身子。「咦？你要回去了嗎？現在才剛剛傍晚而已。」我隨便地敷衍了還想繼續閒聊的久川，準備離開秘密基地……但忽然間，目光投向了刻在柱子上的文字。

「……」

上頭用小鬼頭歪七扭八的字跡刻著「超和平 Busters」。

消滅了和平的我們的，墓碑一般的文字。

感覺有東西要猛然從胃部朝上竄升，我不由得將視線撇向他方——

# 咖哩的夜晚

芽衣子光著腳丫。

入夜後的柏油路面，讓人感受到了確實經過秋老虎毒辣日頭洗禮的殘跡，還留有一些熱意，但隱晦不為人知。

芽衣子的雙腳在上頭行走、踩踏、摩擦。雖覺得腳底板有些疼痛，但那就像睡夢中有人捏了自己的臉頰一樣，十分模糊不清。

（芽芽……在這之前都在哪裡呢？）

模糊不清的痛楚，似乎也讓環繞著芽衣子的時間流動變得曖昧不明。明明什麼也想不起來，但她唯一可以理解的是，自那之後經過了很長一段時間。

芽衣子想著自己在那個時候，從這裡消失的那一瞬間。

（……很痛苦……嗎？）

一試圖去思考，就有種像被人拿著玻璃碎片刺進背部般的冰冷刺痛襲來。

她希望他們能夠實現自己的心願。

那是必須超和平 Busters 的所有人同心協力，才能夠實現的心願。

明明思及自己身處的狀況，一切都教人感到痛苦。但不知道為什麼，唯獨這一點對芽衣子來說是「不痛苦」的事實。

大家一起像那時候一樣，做著同一件事。然而，卻因為自己在這一點上太過堅持。

（我讓仁太……感到難過了。）

仁太奔跑離開的背影揮之不去。

仁太說：「在那之後過得很痛苦。」也說了：「在那之後大家都變了。」

芽衣子想否認這些事情。超和平 Busters 的成員們，當然也包括仁太在內，一點都沒有變。

但是，她也隱約明白……對於「在那之後」一切都變得隱晦不明的自己而言，並沒有資格如此斷言。

（芽芽接下來該怎麼辦才好呢……）

「呀哈哈哈！」

粗俗的大笑聲打斷了芽衣子的迷惘。

（咦……？）

「呀哈哈哈！嗚子，妳真的去了宿海家嗎？了不起～」

「啊～受不了，這件事真的很煩！」

嗚子與同所高中的朋友們聚集在車站前頭。

她們並沒有任何目的地，所以其實去麥當勞也可以。雖然價格貴了點，但也可以去芳鄰餐廳。但是，她們還是莫名其妙地聚集在車站前頭，繼續閒話家常，都是因為想向周遭旁人炫耀自己的武裝。

剛買來的綴滿蕾絲的無肩帶背心，昨晚剛塗好的、中指鑲了假土耳其石的指甲彩繪。

「啊哈哈……！」

自己的笑聲是從什麼時候起變得這麼高亢尖銳呢？鳴子偶爾會感到不可思議。開始選擇短裙，是在國二秋天；開始穿這種跟鞋，是在國三夏天。

鳴子想起了仁太。開學典禮之後，真的是睽違很久再度見面，但仁太他……

（對我有什麼想法呢……？）

發生了芽衣子那件事後，超和平 Busters 也變得四分五裂。仁太的表情也逐漸改變，總而言之，就是個陰沉的少年。

在這一帶，很少有小孩子參考國中考試。明明上了同一所國中，但即使在走廊上擦肩而過，仁太卻變得別過臉不再直視鳴子。

鳴子希望仁太注意到自己。

她試著摘下了眼鏡，還以為他會對自己說些什麼。結果沒有。

她試著改短了裙子，還以為他會對自己說些什麼。結果沒有。

唯有一次……大概是國三那一年吧。經過的時候，仁太曾小聲這麼嘀咕：

「……真像高粱。」

當時，鳴子第一次用在藥妝店買來的染髮劑試著染頭髮。由於搞錯了靜置時間，以致染得太淺了。

但是，即便如此，她還是很開心。

「要你管！」

她朝著離去的仁太背影大喊。能夠這麼叫喊，讓她很開心。

「怎麼辦？時間快到了。」

朋友的話聲將鳴子忽然飄遠的意識拉了回來。

「啊～嗯。」

「這次來參加的人有點寒酸，隨便聊個幾句就撤退吧。」

接下來鳴子她們約好要與他校的男學生去ＫＴＶ。在ＫＴＶ舉辦聯誼、在車站前聊天，肚子餓了就吃百圓麥克漢堡。假日搭乘特快車特地前往東京逛街，絕不在當地購物，是基於她們的自尊心使然。

她們有條不紊地消磨著鄉下高中生的日常放學時光。

喝完的果汁空罐就那樣擺在剛才坐著的長椅旁，直接揚長而去。這也是她們的日常生活片段。

「……」

鳴子也效仿她們做出同樣的事。

對身為整理狂的鳴子來說，這種行為幾乎與酷刑無異。如果能夠稍微移動幾步，丟進自動販賣機旁的垃圾桶——鳴子很想這麼做，但是——

「鳴子——？」

「啊，抱歉。等我！」

她將空罐留在了原地。將許許多多的東西稍微放置在角落，僅重視瞬間，不回頭去看自己捨棄掉的事物。

鳴子心想著……自己什麼時候能變成那樣子呢？然後——

芽芽注視著這樣的鳴子。

（安鳴……把垃圾丟在原地……）

芽衣子有些吃驚。她並不是想責怪鳴子隨手亂丟垃圾，而是因為那不是自己認識的鳴子會有的舉動。

畢竟鳴子一絲不苟，非常喜歡收拾整理。當芽衣子吃著玉米棒，不斷掉下碎屑時，鳴子總是從旁替她一一清理乾淨。

（安鳴……看起來不像在笑……）

塗了厚厚一層唇蜜的桃色嘴唇彎成了三角形，是笑著的嘴形，眼角也往下垂……但是，不是芽衣子熟知的笑臉。

確認鳴子她們離開了以後，芽衣子撿起被丟在原地的空罐子，然後丟進垃圾桶裡。空罐子撞到底部，發出了「喀啷」的高亢聲響——

熟悉的柿樹在夜風吹拂下沙沙作響。

芽衣子來到了自己出生長大的家。

自己也說不上來為什麼，她並沒有想立即回來這裡。意識模糊不清的芽衣子，並不覺得這個地方很懷念，因為感覺就像昨天也回來過一樣。這讓她感到非常、非常害怕。

（怎麼辦呢……）

要進去屋內看看嗎？但是，進去看看這項行為也讓她很害怕。明明不懂為什麼很害怕。

不自覺間，她又忸怩不安地彎曲伸展著未穿鞋子的腳趾拇指。這時，一陣香氣忽然飄進了芽衣子的鼻腔。

「……咖哩！」

芽衣子忍不住大叫出聲。

這是她最愛吃的咖哩。加入了大量用果汁機打碎的玉米粒，甜甜的咖哩。弟弟聰史也非常愛吃，父親總是淋上梅林辣醬油……

每當回想起來，她就忽然覺得曖昧不明的時光「很教人懷念」。

瞬間，芽衣子將手放在門把上——

「晚安～……」

從略微敞開的門扉，芽衣子悄悄探頭看向起居室。
「！」
芽衣子的肩膀倏地一震。
仁太、鳴子、知利子、集……闊別許久再一次見到他們時，芽衣子只覺得非常「開心」。但是，眼前起居室裡自己的家人——
父親的白髮增加了許多，聰史的身高一口氣變高，看來就像個少年。母親眼尾有著明顯的皺紋。
——變化。誰都會變，仁太他們也變了。但是——
（咦……？為什麼……）
顯然不一樣。這裡不是自己熟悉的「本間家」。
首先毫無對話……父親一直低頭看著報紙，聰史埋頭玩著ＤＳ遊戲機，桌上擺著吃完的咖哩盤子……以前母親總會開朗地大聲說：「盤子要拿去流理台喔！」
至於母親，這時正將盛著咖哩的小盤子，供奉在芽衣子在這裡生活時並不存在的佛龕上。她敲響銅磬，雙手併攏——跪坐著的腳跟上柔軟地服貼著質料很薄的襪子。

「……」

芽衣子停下動作。

那個佛龕。陌生的佛龕。她察覺了那代表的意思，所以……無法靠近。無法靠近最最喜歡的母親。

「……媽，煮了咖哩的時候，不用再供奉到佛龕前了吧。」

（小聰……？）

聰史玩著ＤＳ遊戲機說，目光沒有直視母親。接著又咕咕噥噥說道：「那樣子有點刺眼。」

「別這麼說嘛。」

母親露出了芽衣子從未見過的表情。

「因為姊姊個性很迷糊。」

像是水面輕輕被風吹動，肌肉變化幾乎微不可察的，像是笑著又像在哭泣的表情……

「所以……姊姊有可能沒有發現自己已經死了喔？」

聽見母親這麼說，芽衣子的身體顫抖了一下。這陣顫抖使得她撞向桌子——杯子喀噹地掉落在地。

「聽史，你在幹嘛，快點收拾啊。」

「咦？跟我又沒有關係。」

身後聽史無辜地遭到父親責罵。芽衣子絲毫沒有多餘的心力想去為他辯解，只是茫然地低語：

「我知道喔……」

她曾有過不知道的事情，也就是這個地方。這個地方不是自己熟悉的本間家。正因如此，她才能夠領悟現實，甚至到了悲傷的地步。

「自己已經死了的事，芽芽早就知道了喔。」

來到屋外，晚風變得更是暖和。

芽衣子心想，自己已經死了，而且多半很痛苦……應該遠比打日本腦炎的預防針還要痛上好幾萬倍。

但是，她還是沒有那份記憶。那些遺失的記憶、遺失的痛苦，至今一定都是母親和家人，代替自己承受了下來。

（對不起……）

她在心中小聲呢喃。

# 記憶其二

搖曳的白色。毛巾形成的水母一定是花朵。
摘下了那可愛的白色、那小小花朵的人，是誰？
好了，大家一起懺悔吧。

# 芽芽的心願

回到家後，仍然沒有芽芽的蹤影。

她就此消失了嗎……如果是這樣，代表過去的我已經原諒現在的我了嗎？不，反而是想讓我更加痛苦吧。

明明特意讓我看見了芽芽的幻影，想讓我乘機說出一直記在心上的那句「Gomenma」。

現在的我極度沒有出息，還是個徹底的窩囊廢。

「仁太，洗澡的沐浴劑你要加哪一種？草津還是網走——？」

老爸悠哉地從浴室傳來問話聲，我老樣子回答：「都可以。」

對於不再去上學的我，父親毫不指責，只是一如既往，悠然自得地繼續生活……可是，在這種兒子一直窩在家裡的情況下還能保持著「一如既往」，不曉得老爸是否察覺到了這樣反而很不正常？

居然在自己洗完澡之後才加沐浴劑？那種貼心，或者該說是對我的顧慮……現在讓人覺得很沉重。

走出浴室通體舒暢的老爸，並不會豪邁地打開啤酒罐，必定是泡咖啡。在老媽的佛龕前供上咖啡後，自己也盤腿坐在前方，一起慢條斯理地小口小口喝著。

「塔子，我今天也很努力、很努力喔。」

這是老媽經常掛在嘴邊的口頭禪。

老媽原本就體弱多病，在我小學升上高年級時，就一直住在醫院。我不想看見病房窗外的景色隨著季節不停變幻，總是藉故推托，遲遲不肯去醫院探病。因為我不想在彷彿被景色留在原地的病房裡，看見外表卻比景色還要快速出現變化的老媽……但是——

想不到芽芽竟比老媽還要早離開人世。

那天也是，老爸對我說了，這件事不必告訴老媽。我也從一開始就這麼打算。但是，畢竟是鄉下的小城鎮，消息不一會兒就傳到醫院，老媽早就聽說了。老媽什麼也沒有問，只說了這麼一句：「仁太，你很努力、很努力喔。」然後抱住我的頭。

溫暖的胸膛，與依著一定節奏響起的心跳聲讓我冷靜下來……從小每當我快哭出來的時候，母親都會為我舉行這項儀式。然而，當時老媽的胸前也已瘦骨如柴，鎖骨清晰的觸感，與刺鼻的藥水味……一旦眼淚潰堤，我就再也壓抑不了。

我埋在母親削瘦的胸前大哭起來，心想著好想見芽芽、好想見芽芽。

「我在搞什麼啊……」我忍不住咕噥。好不容易見到面了，好不容易可以道歉了。就算是幻覺，就算是我創造出來的，但明明可以道歉了。

老爸上了二樓後，我依然沒有去洗澡，只是茫然地打發時間。回過神時，電視螢幕已經變成了雜訊畫面。我沒有關掉電視，只是靜靜地一直盯著那幅畫面。

「仁——太——出～來～玩～吧！」

渾厚粗野的大嗓門，與充滿動感的呼喚方式叫醒了我。

一抬起頭，朦朧的早晨氣息充斥四周……老爸似乎已經去工作了。我慢吞吞起身，覺得肩胛骨一帶隱約發出了嘰嘰作響聲。

「仁——太——出～來～玩～吧！」

雖想充耳不聞，但實在辦不到。不厭其煩地重複著相同節奏的沙啞嗓音，嗯……是久川。

我不情不願地走到玄關，久川一早起就火力全開。

「仁太，我來接你了！」

「啊？接我……」

「昨晚啊，我打工地方的收音機播放了〈向星星許願〉這首歌……果然願望就得實現才行！我一下子就從煩惱中解脫了！」

「我都說了，那不可能……」

「啊，放心吧！我也已經召喚大家了！」

「啊?!」我的語尾不禁變尖。久川說明，他已經向超和平 Busters 的所有成員都報告完了「芽芽出現的過程」，大家還欣然答應再度集合。

「一提到芽芽，大家果然就很認真呢！這就是愛！」

「……」非常可疑。

正想說「我就不去了」，但我終究沒有說出口。

「知道了……我去換衣服，等我一下。」

「噢！隨時等你喔，夥伴！」

穿上襯衫的同時，我暗想反正久川八成是在經過了「波波過濾器」的大量增刪後，興奮地說明了我的陰影與幻覺吧。現在我的模樣就已經很沒出息了，這下子大家肯定將我想成是更加無可救藥的人。

昨天松雪那鄙視我的眼神閃過腦海——如果不去與大家會合，我一定會一直回想起那個眼神吧。

總之，我穿上了最有模有樣的衣服，手伸向低度數的眼鏡和喬裝用的毛帽……

「……不行。」

我不想再讓松雪更瞧不起我了。不對，我不想被任何人瞧不起。即便是變得判若兩人的我，至少還留有自尊。

雖然我也明白，這只會無謂地讓情況更加惡化。

# 神之薯條

（朋友、朋友……這種關係簡直就像宗教一樣。）

坐在播放著流行歌曲的麥當勞裡，知利子以吸管攪拌著快要融化的香草奶昔。播放的歌曲讚揚著「朋友」，朗聲高歌那不管到了幾歲，永遠也不會變質的信賴關係。在這種情況下，選擇的這首曲目真教人心煩。

但是，知利子眼前的集好整以暇地喝著熱咖啡。

「你覺得他們真的會來嗎？」

「天曉得……」

集垂下目光看向手機。是來自鐵道的聯繫。

明明已經徹底疏遠，不再是成天聚在一起的朋友了，國三夏天有了手機的鐵道，卻興奮得突然從背後一把抱住集，強迫地交換了電郵信箱。這點知利子也一樣。
鐵道寄來的訊息中，塞滿了與內文互相矛盾的表情符號。至於內容，即是說明仁太看見了芽衣子；芽衣子還透過仁太拜託他們——超和平 Busters 實現她的心願。然後說了想請大家直接聽仁太說明，於是約好下午在麥當勞集合。
「……這個，宿海是認真的嗎？」
「認真的吧。前陣子遇到他，還芽芽、芽芽地喊著全力跑走。」
「這樣子有點不妙吧……像是他的眼神，我也覺得有點變了。現在大家卻像這樣子集合……不曉得接下來會怎麼樣。」
「有什麼關係，就好好聽他說明吧。不過五年而已，一個人卻能改變到那種地步，妳不覺得好笑嗎？」
「我不覺得有哪裡好笑。」
「我倒是覺得很好笑。」
集邊說邊喝著咖啡。知利子靜靜瞇起雙眼，想要看清這個壞心腸友人的「內心深處再深處」。

「真期待。」

語氣雖然充滿調侃，但眼神很認真，只有嘴角往上勾起……知利子心想，他的個性真的很惡劣。沒錯，從那一天起，知利子一直被迫看著集「虛偽的笑臉」。

（既然沒辦法笑得完美，別勉強自己笑就好了呀。）

入口大門「喀──」地敞開。「歡迎光臨──」店員以帶有些許鼻音，很像動漫人物的聲音說。然後──

「……」

（啊……那裡也有一張沒有笑容的臉。）

「哦，那是……」

「是安城同學吧。」

鳴子走進店內後，瞄了這邊一眼，沒有打聲招呼就直接走向櫃台。點餐之時，可以看出她背部的肌肉非常緊繃。

接著她拿著可樂和薯條，將表情的變化壓低到最極限，往這裡走來。

「……嗨。」

低聲咕噥說完，就在與知利子隔了一個座位的地方坐下。

「我一瞬間認不出妳呢，妳變得真多。」

看見集虛偽的笑臉，鳴子直率地擺出臭臉。

「你是什麼意思？」

「就是字面上的意思。」

鳴子別開視線，順勢環顧了店內一圈，目光顯然是在找「他」。

「那傢伙從什麼時候起不去上學的？」

「……這種事情為什麼要問我？」

「問妳也很正常吧？畢竟上同一所高中。」

「……」

「妳去勸他幾句吧？不是不管到了幾歲，都是好朋友嗎？」

集咧嘴笑道，知利子心想「什麼嘛」，果然他也在意著店內播放的流行歌曲。

然後……鳴子邊喝著可樂邊心想。

（這兩個傢伙真討人厭。）

五年的歲月真是漫長到教人不敢置信。久違地再度與兩人接觸後，他們簡直像是用升學學校的制服在彰顯人的價值那樣，非常惹人討厭。但是……像這樣子待在一起，卻一點也不覺得奇怪。

比起經常一起聊天的同班朋友們，和他們待在一起時，絲毫不需要「偽裝」自己的表情與動作。為什麼呢？這點才讓她感到奇怪，覺得坐立難安。

（宿海……真的打算來嗎？）

當鳴子與新朋友們無所事事地打發時間時，她收到了鐵道傳來的訊息。

不知怎地——眼淚差點掉下來。

（真的……要是不來就好了。）

她拿起一根薯條放進口中。

點麥當勞的薯條，有時數十根中會有一、兩根，是好吃得教人下巴要掉下來的「神之薯條」。外側非常酥脆，內部卻柔軟綿滑，雖然沒有吃過，但味道就像是高級法國餐廳裡的炸薯條。

其餘的大多很乾，不過口感也算酥脆，還是相當美味。但是，遇見神之薯條時的喜悅是無與倫比的，畢竟有時候甚至一根也不會遇到。

嗚子漫不經心地拿起的那根薯條，正是神之薯條，但是——

（……嗯。）

今天的嗚子無法沉浸在那份喜悅中。難得遇到了神之薯條……

在睽違已久地再度聚首的三人之間，沉默立即降臨，然後——

在三人心中，那一天再次復甦。

「其實仁太……喜歡芽芽吧？」

「老實說吧，超和平 Busters 之間不能有秘密喔。」

「誰會喜歡這種醜八怪啊！」

一而再再而三地反覆播放太多次，實際上記憶都快要損壞磨滅了。而在出現磨損的地方，乘載著各自的心情。

但是——唯獨聽到仁太說自己是「醜八怪」，卻露出了傻氣笑容的芽衣子，在三人的腦海中幾乎都是一樣。

這五年來，他們從來沒有忘記。

隨時隨地只要一有鬆懈，那一天就會重新浮現。每一次都覺得無法呼吸，身體某處像被人緊緊勒住。

所以，就算不刻意喚起記憶……但是，為什麼？

他卻想暴露出自己的「刻意」呢？

「哈囉哈囉，哈囉～！」

隨著自動門敞開的聲音，嘹亮的大嗓門傳了進來。他們當然知道是誰進來了。而鐵道身旁，一定也跟著他……

三人遲疑了一瞬才看向他，抬起頭的速度變慢。其中「各自的理由」並不相同。

——當我穿著涼鞋的腳一踏進去，超和平 Busters 已經聚集在店內的角落。

昨天不開心地「久別重逢」的松雪與安城，以及鶴見正坐在一起……但似乎沒有交談。

「哈囉哈囉，哈囉～！」聽到久川絲毫不懂察言觀色的招呼聲，他們厭煩地略微抬起頭。

「我等一下還要打工。」安城看起來心情糟到了頂點。

不過，松雪倒是顯得很開心……應該說，他用像是忍笑的聲音說了：

「聽說你在找芽芽？虧她去了你那裡，現在卻下落不明嗎？」

「啊……」我答不上話。

鶴見斜眼瞪向松雪，安城則把玩著貼了許多莫名其妙立體裝飾的指甲……果然很明顯與久川形容的「認真、有愛」大相逕庭。

「哦，安鳴，妳點了薯條嗎？」

一臉百無聊賴的安城首度凶巴巴地抬起臉龐。

「不要那樣叫我啦！」

「沒差嘛，安鳴就是安鳴啊～」

久川的發言與芽芽的意見始終完全一致。

「反正也很久沒見面了，給我沾了很多鹽巴的薯條吧！」

無視於久川無意義的喧鬧聲，松雪稍稍往前傾身。

「不說這個了，我們快點進入正題吧……宿海，芽芽要你實現她的心願吧？」

「啊……」

「松雪，別說了。你這樣很惡劣。」

「有什麼關係，我也會幫忙，一起實現芽芽的心願吧……這樣一來，她說不定又會回到你那裡去喔？」

到了此刻我才驚覺，松雪的語氣雖然非常輕快……但眼中沒有笑意，像正聚精會神地想看穿我行動背後的意圖。

「不、不了……我都說了，那是我的幻覺，所以……」

「所以我也說了沒有關係啊，這你不用在意。」

為什麼不用在意？這只不過是家裡蹲的無謂牢騷喔？你為什麼要這麼糾纏不清地逼迫我？但我完全沒有時間思索答案。

「好！那首先要找出芽芽的心願！」

久川與松雪開始討論起來，一下子反駁那個、一下子反駁這個。芽芽一直想要「Desuyo。」的簽名；當初《鼻毛真拳》的錢包明明是「全員有獎制」，她卻沒有抽到；她一直想要收服神奇寶貝的帝牙盧卡……哦！沒錯沒錯，哇噢，真是懷念——竟然看來很開心地說著這些話。

但僅限於男生們。安城開始輕輕咬起剛才把玩的指甲，是這傢伙從小就有的習慣。不顧指甲彩繪會脫落，顯得心浮氣躁。鶴見一直低垂著頭。

我大概……就只是把嘴巴張開了一公分，望著松雪與久川漸漸釐清「芽芽的心願」。

「那麼，宿海就負責神奇寶貝吧。」

「咦……！」突然就被賦予了任務。在我防禦變得非常薄弱，沒出息地暴露出空白時——

「……你害怕走出家門吧？」

松雪露出了明顯帶有惡意的笑容。

望著他冷漠直挺的鼻粱……我瞬間忘了焦慮也忘了生氣，只是心想他還真是個帥哥。

「安城，妳在電玩店打工吧？通融一下，用便宜的價格賣給他吧。神奇寶貝……我記得是鑽石版吧。」

「……為、為什麼是我?!」

「我和鶴見會在拍賣等地方搜尋，找找看有沒有《鼻毛真拳》的全員有獎制送的錢包。久川……我想想，你就從『Desuyo。』開始，努力想辦法拿到簽名吧。希望你能夠認識到他。」

「咦咦！我負責『Desuyo。』嗎?!」

「怎麼擅自……」鶴見才說到一半，松雪故意語帶戲謔地打斷：

「就這麼決定了。」

然後，將薄薄的嘴唇勾成彎月狀。

「超和平 Busters 重新出擊。」

在久川的催促下，我們不甘不願地交換了電郵信箱。

除了我和久川以外，大家的電郵信箱都不一樣了——

……然後，我——

「……真受不了……啊，就是這個吧？」

情勢所逼下，我在二手電玩店的倉庫裡，望著安城尋找著神奇寶貝的背影。

屁股真大，她長大了不少呢。

裙子也短到不行。這樣就算被人毛手毛腳也不能抱怨吧，我心想著。不過她這種女人，只要一張開嘴巴說話，會讓人不管想做什麼都瞬間胃口全消吧……

安城費了一番時間才找到神奇寶貝，規規矩矩地裝進塑膠袋，然後遞給我。

「好了。四千八百圓，請付錢。」

「四千……跟定價一樣嘛！」

「我告訴你，這可是五年前的遊戲了喔？反而都增值了。」

迫不得已之下我付了錢，正要不情不願地接下裝在塑膠袋裡的遊戲時……安城卻沒有放鬆手的力道，狠狠瞪著我。

「你到底想幹嘛？」

「啊？」

「竟然拿死去的人開玩笑，太差勁了。」

安城倏地放開抓著塑膠袋的手。神奇寶貝撲進我的懷裡，安城則是邁著大步離開……

說我拿死去的人開玩笑？

「等一下！」

我忍不住朝著背對我的安城扯開嗓門大喊。

「誰拿芽芽開玩笑了？妳不要胡說八道！」

我發出了連自己也嚇一跳的大音量。安城頓時停下腳步，以彷彿要衝過來的速度猛然回頭。

「胡說八道的人是你吧！居然若無其事地說出死去的人的名字……」

「不要用死去的人那種說法！」

「都是我！」這次換作安城大聲說話，她的雙眼不知不覺間盈滿了淚水。

「都是因為我說了那種話……所以！」

安城舉起手背用力抹去眼淚，睫毛膏像羊栖菜一樣畫得又濃又厚的睫毛滲出一圈黑色。

「所以芽芽……才會變成……死去的人。」

「……」

我說不出話來。

沒有這回事，那是我要說的話……我應該這麼說。但是，發現安城也和我有一樣的想法，她從那之後累積了數年的情感彷彿一鼓作氣湧來，對這兩人份的重量，我的雙腳只是僵直不動。

聽著安城踩著廉價跟鞋離去的腳步聲，我一邊心想著，搞不好……芽芽沒有回來我這裡，而是去找了安城也說不定。

一片黑暗中，只有遊戲機亮著模糊的光芒。

配合著隱隱從窗外傳來的青蛙鳴叫聲，我一個勁地按下按鍵。

上吧，皮卡丘！

我在幹嘛啊……在打神奇寶貝。

外表可愛討喜，有著圓滾滾大眼睛的敵人。不間斷地攻擊，直至敵人衰弱到快要陣亡後，再丟出寶貝球收服為夥伴。

這些傢伙究竟抱著怎樣的心情呢？

才剛被狠狠痛扁一頓，就被「我們當朋友吧」的甜言蜜語引誘，末了還被關進狹窄又漆黑的空間裡。然後被塞進背包裡，帶著到處走，突然聽到一句：「上吧！」就被迫與有血緣關係的同類戰鬥……對於下達這種不人道指示的玩家，牠們真的能當成是夥伴？是朋友嗎？簡直莫名其妙。

話又說回來，朋友是什麼？

當年，超和平 Busters 確實是朋友。

互相用小名呼喊彼此，四處東奔西跑直到太陽下山，非常符合一般人口中朋友的定義。

我是隊長，大家都跟在我的身後。大家也都點頭附和我提出的主意……但也許，其實他們很討厭聽我頤指氣使。

芽芽。

連安城一想起芽芽，現在仍會哭泣……她一定很想向芽芽道歉。

但是，芽芽只出現在我眼前。或許這就意味著，只有我還對當年——以老大自居帶著大家到處跑的那段時光留戀不捨。

遊戲畫面中，皮卡丘釋放出的百萬伏特電流擊中敵人，讓敵人全身發麻不動。效果無人能敵。

我有些猶豫……但還是丟出了寶貝球。敵人輕輕地將其彈開。

# 芽衣子的夜晚

芽衣子回來以後，這是第二個夜晚。

靜然無聲的「芽芽」從黑暗中目不轉睛地望著自己，那雙眼睛遠比幽暗還要漆黑。在那片虛幻的空間中，飄浮著自己認為的「所有芽芽」的情感。

「芽芽」抗拒著自己被人遺忘。

用著不成聲的聲音。不論什麼時候，「芽芽」都不會強迫他人做任何事。即使想要實現願望的心情再強烈、再渴望也是一樣。

所以，心願根本是騙人的。

「芽芽」訴說著：替我消除說謊的存在，在太陽底下揭開其真面目吧。

但是，連這些話語也沒有化作聲音。

只能夠自己加以判斷了，因為「芽芽」就是這樣子的少女，無法強行要求他人實現她的心願。

正因她是這樣的少女……

所以始終都像這樣子待在這裡，沒有消失，一味注視著這邊。歲月流轉後，甚至讓自己的輪廓越來越鮮明清晰。

「芽芽」不斷成長茁壯。

然後——

芽衣子任由晚風吹起自己的長髮。

某處傳來了青蛙的叫聲。

「嘓嘓嘓……」

她試著模仿青蛙的叫聲。但是，實際上青蛙並不是發出「嘓嘓嘓」的聲音，更像是種樂器……就只是存在於那裡般的聲音。

她是從什麼時候起覺得青蛙的叫聲是「嘓嘓嘓」呢？

（好累喔……）

雖然試著說出口，但她也不曉得自己是否真的很累。

今天一整天，芽衣子一直四處閒晃，時而停下休息。雖也覺得肚子餓了，但依然不太清楚。

時間只是不停地飛逝而過。

早晨的藍色變成了白天的亮白，再變成蔚藍，然後染上紅色，又變回夜晚的藍色……最後變作一片漆黑。

芽衣子在各式各樣的地方注視著顏色的變化。

各式各樣的地方裡，有許多芽衣子認識的事物。但是，並沒有「她非常熟悉的事物」。因為所有事物具備的意義都有些不一樣了。

「好想……見大家喔。」

芽衣子低喃……這聲低喃，將她拚命隱忍的淚水從內部強行推了出去。

她不敢再去見家人。好可怕……也遙遠得無法靠近。明明見到仁太他們時，她沒有感覺到半點恐懼。

她希望家人忘記自己；可是，不希望超和平 Busters 的大家忘了自己……

唯獨這份心情，「芽芽」與芽衣子都一樣。

## Gomenma

「嗚……我、我得到了……！」

房間內部依舊昏暗，頂多只聽得見時鐘秒針走動的聲響……可是，已經過了近乎整整一天。

早上、白天、晚上，也沒有好好吃飯，已過了二十三個小時。

我費盡千辛萬苦得到了帝牙盧卡。費盡千辛萬苦。運用了大人的智慧、卑鄙的手段、時代的變遷等所有方法，總算得到了。

不過，一直持續不斷地玩遊戲這件事本身對我來說幾乎不算什麼，因為近來我每天都是這樣度過。就這方面來看，松雪讓我負責神奇寶貝的判斷可以說非常正確……我是這麼認為。

總之，我決定傳訊息給久川。我沒有義務非得向松雪報告不可，那傢伙又不是老大。

「成功捕獲帝牙盧卡。」

我僅打了這句話就寄送出去，心想著要吃什麼呢……記得櫃子裡頭有奶油捲麵包……就在我僅尋思了幾秒鐘的時間時。

「……嗯？」手機立即響起了收到訊息的鈴聲。

我跟老爸通常不會互傳訊息，更遑論有朋友寄給我了。因此我一時之間不曉得怎麼會收到訊息。

上頭寫著久川的名字，我打開一看……

「發現芽芽，捕捉失敗。」

……一瞬間，我出神地看成了某種符號。隔了一拍後，我重新再看一遍，忍不住放聲大叫。

「發現……芽芽了?!」

就在這時，我的脖子突然感受到一股衝擊，然後上半身大幅搖晃，剎那間屏住呼吸——

「什麼什麼，提到了芽芽嗎?!」

「！」

聽到甜美的嗓音，我慢慢地……確認著現在這種狀況下能夠感受到的所有事物。抱住我脖子的白皙纖細手臂，耳邊飄來的帶有些微乳香的溫暖香氣……

「啊……啊啊……」

我無法再移動半分。

比起驚訝更感到高興，比起高興更……怎麼回事，鼻腔深處一陣酸楚。萬一回頭，可能會哭出來。

前天的重逢太過突如其來，我根本沒有辦法接受現況、加以消化。但經過了一段時間、些微沉澱、稍作整理……即使這種事態非比尋常，我卻覺得自己似乎勉強能夠接受了。

與芽芽確切無疑地重逢後……現在，我要在這裡……

「欸欸～仁太？」

左臉頰感覺到芽芽的視線。連她微微偏過腦袋，像透著海洋色澤的彈珠般雙眼的色彩，我也能夠感受到。

我一直想做的事，反覆模擬了好幾次的事。沒錯……就先從這件事開始。

「仁太～？你聽得見我說話嗎……呀！」

我揮開芽芽的手臂，與她面對面地跪坐，然後緩慢地筆直舉起右手。

「咦？」芽芽一臉怔愣。那張可愛的臉龐隱隱躍進視野，我的心臟撲通用力一跳。但是，就這樣繼續下去吧，絕不能停。我接著用右手抵著額頭。

做出重複了無數次的「Gomenma」手勢……！

「Go……Go！Go、Go……Gome！」

此時此刻，正是我表演累積了多年來心意的「Gomenma」之時——！

「對～噗～擠～！」

「……咦？」

我停下動作。我多年來……才講到一半的Gomenma被硬生生打斷，芽芽聲音清脆地笑了起來。

「『Desuyo。』的手勢錯・了・YO！你的手啊，應該要舉到嘴邊才對。還有還有，仁太，要一邊輕輕拍著嘴巴啦！輕輕拍著嘴巴！」

芽芽再三地為我實際表演了「Desuyo。」的動作。我那還以為可以贏過「Desuyo。」的「Gomenma」……

「果然……還是輸給了『Desuyo。』嗎？」

「咦咦～？」

道歉失敗了。但是，芽芽的笑容……仍讓胸口感到非常溫暖。

芽芽注意到了暖桌上的神奇寶貝。

「啊啊啊啊啊?!」

「是帝牙盧卡耶?!好厲害好厲害，仁太，怎麼會有這個！」

芽芽雙眼閃閃發亮地大聲驚呼——

明明帝牙盧卡出現了，芽芽還在，代表這不是她的願望吧。但說得也是，畢竟我們沒有和芽芽商量，擅自就決定了這是她的願望。

芽芽目不轉睛地盯著神奇寶貝瞧，自己一個人激動地滔滔不絕說個不停：「你看這裡！肩膀往上突起來呢，好酷唷！」

也許是幻覺吧。但是，眼前的芽芽是我所知道的芽芽。天真無邪地因為帝牙盧卡歡欣鼓舞的芽芽。既然如此——

我輕輕低聲說道：

「我絕對……會實現妳的心願。」

「嗯～？聲音太小了，你說什麼？再說一遍？」

「……才不要ＹＯ。」

# 出現了

芽芽睡在床上，傳來循著一定規律反覆響起的呼吸聲。廉價沙發的堅硬觸感，和緊黏在肌膚上的怪異感覺讓我左右翻了好幾次身，邊偷瞄向芽芽的耳背，邊在半睡半醒間暗想道……真是精緻的逼真程度，就算這是幻覺，能夠創造出這麼高品質的外表，我搞不好能當模型的原型師喔……

以及不時湧現，意識到自己正處於與女孩子單獨待在同一個房間裡這種驚人的狀況，我不禁心想既然是幻覺，稍微摸一下應該沒什麼關係吧？這應該不構成犯罪吧？慢著，你給我等一下！別對芽芽產生奇怪的念頭！開什麼玩笑，產生奇怪念頭的人是你吧！啊，不就是我本人嗎……我在心中與自己展開了無謂的爭辯。合成皮革沙發上沾黏著汗水，啊啊，遠方傳來了晚夏的蟲鳴聲，芽芽的呼吸聲……糟糕，太真實了，我心想。又悶又熱的一夜就這麼過去了。

「仁太，早安～！」

「唔……啊?!」好不容易才睡著後——此刻芽芽竟毫無忌憚地壓在我肚子上。

「天氣真好呢！是今天一天美好的開始，對吧？」

「啊……」

芽芽背對著晨曦，露出傻氣的笑容。望著她純真無邪的耀眼身影，睡得迷迷糊糊的腦袋感到一陣暈眩。

這傢伙是我創造出來的幻影、幻覺，是因為也隔了一段時間又直視這荒唐的現實嗎？我有些難以抵抗。

是啊，如果說完全不會，那就是騙人的。但是，對於芽芽現在就在我身邊，我已經不再感到毛骨悚然。

因為，她果然……很可愛嘛。

「……唔。」

「奇怪了？仁太，你怎麼了？臉好醜喔。」
「竟、竟然說我醜……！」
叮咚叮咚，叮咚！
就在這時，應該已經故障、接觸不良的對講機卻響起了格外輕快爽朗的鈴聲。
「哎呀～有客人嗎？」
格外輕快爽朗……就和某人一樣。
「……對了！」
我忽然想起昨晚久川寄了訊息給我的事。我打開手機，再度確認，寫在上頭的是……
「什麼什麼……咦咦?!」
芽芽從旁伸長脖子察看手機。
「嗚哇！」我繃緊全身，不由得想藏起來，卻為時已晚。芽芽的雙眼頓時亮晶晶地發光。
「好厲害！仁太，好厲害喔！」

「咦？什麼好厲害，妳……」

「居然有自己的手機！好厲害，像大人一樣！」

……原來是指這件事喔。

看來訊息的內容她沒有看見。難不成這傢伙回來這裡之前……

「喂，芽芽……」

「嗯～？」

「妳……去過久川那裡嗎？」

聞言，芽芽雙眼閃閃發亮的程度，少說比發現手機時要增加了五成。

「咦？久川是指波波嗎?!哇啊……芽芽還沒有見過波波呢！」

「唔……」我好像……多嘴說了不該說的話。

「欸欸～仁太！我想去波波那裡！我想去！」

我想去我想去我想去——芽芽纏著我不斷央求，不斷地搖晃我的手臂……

「……知道了啦。」

「嗚哇啊啊啊——耶！」

側眼望著單純地手舞足蹈的芽芽，我感覺到胃部一帶悶悶的。發現芽芽是什麼意思？久川也看見了芽芽的幻覺嗎？

……不過，這也不值得大驚小怪。但還是很神奇，畢竟芽芽也在我這裡。那麼，這傢伙一定是幻覺。既是如此，那我以外的人創造出芽芽也不足為奇。不對，其實怪到非常詭異的地步。

可是，不過……

叮咚叮咚，叮咚——！

「啊，又是客人！」

我完全忘了門鈴正嘈雜地不停作響。平常就算有客人來訪，我也很少走到玄關應門。不過，大概是因為心神不寧的關係，我慌忙跑下樓打開拉門……

「呀哈哈哈哈……！」

便見小鬼們逐漸跑遠。

被耍了……這就是所謂的按鈴惡作劇嗎？

「……」

一種奇異的感覺襲來。似近若遠依次響起的蟬鳴聲，跑遠的小鬼的笑聲，反射著亮白毒辣陽光的柏油路面……

「哇～真是一群壞孩子。」

當我注意到時，芽芽已經站在我的身後。

遠去的小鬼們的背影，一如當時還是小鬼的我們。但是——現在我的身旁，是稍微長大了一點的芽芽。

「嗯？仁太，你怎麼了？」

「不……沒事。」

不知怎地鼻子深處一陣酸楚，我從芽芽身上別開目光——

「……然後啊！我的小便劃出了奇蹟般的曲線，就跟希臘字母Δ一樣！接著就有某種東西出現了！」

才一踏進秘密基地，久川就興奮地攤開雙手不停解說。他的表情看來不像在撒謊，但是，未免太輕浮了。明明身體顯然很重……然後——

「波波?!騙人騙人，這個人就是波波嗎——?!」

若說久川是興奮，那芽芽就是超級興奮。

「你說看到了芽芽……是真的嗎？」

「那還用說！看來我的精神陰影也相當嚴重呢，啊～我竟然變得這麼炫！」

「好炫！好炫！」

芽芽大概很喜歡「炫」這個單字，重複說了好幾次稱讚久川。但久川依然無視芽芽，正確地說是感覺不到，露出讓人煩躁的得意表情說：

「然後啊，我想到了一個錦囊妙計，想聽嗎？」

「呃……還好。」

「我要聽我要聽，全部都要聽——！」

「啊～騙你的騙你的！聽我說啦，我會給你零錢！」

「咦～芽芽想要一百圓！」

看來想讓這種只有我看得見芽芽的對話形式順利地持續下去，需要相當多年的修行。

「所以……你說的錦囊妙計是什麼？」

「噢！就是這個，就是這個！」

話聲一落，久川往我的鼻尖遞來一張畫了難看塗鴉的傳單。

「呃……夏天尾聲，大家一起尋找芽芽吧大會……？」

「哇啊啊！大家要找芽芽嗎?!」

上頭用歪七扭八的字跡寫著：「一起乘涼烤肉，為了找出芽芽的心願，盡情談天說地吧！食材請各自準備！」此外還有非常前衛的插圖。

「芽芽、乘涼和烤肉……這種組合跟主旨簡直莫名其妙。」

「有什麼關係！不過是這點小事，就別在意了……怎麼樣？很期待吧？感覺很好玩吧？」

「感覺好好玩喔——！芽芽也想看到芽芽——！」

芽芽喜孜孜地在久川周圍蹦來跳去。

「雖然你這麼說……但大家怎麼可能來參加這種——」

「應該會來吧！他們不也去了麥當勞嘛！」

唔……我不禁語塞。他們的確去了。

他們莫非其實很閒嗎？還是說，真的相信芽芽的存在？安城看起來……完全不相信的樣子。

「你看嘛，我可是負責『Desuyo。』耶？可是，要接近他本人感覺很困難，如果芽芽的心願是『Desuyo。』的簽名……我想見到芽芽，拜託她稍微改變一下心願！」

久川絮絮叨叨說個不停，芽芽每一句話都一一附和：「『Desuyo。』嗎?!」「嗚哇啊啊！」

怎麼說……我根本被耍得團團轉。

「仁太，好期待晚上喔！」

回程路上，芽芽顯得非常開心。我無意義地踢飛再踢飛路邊的小石頭。

「又沒有人說要去！」

「……那就說你會參加吧！」

「啊？」

「啊，這個搞不好是芽芽想請你們幫我實現的心願唷？芽芽說不定想見到芽芽自己呢！」

「……妳會不會太隨心所欲地使用心願這個藉口了啊？」

芽芽「嗯～？」地朝我傾過腦袋瓜，對我裝傻……可惡，真教人生氣。

這傢伙的臉蛋怎麼這麼可愛。

我真痛恨自己身為原型師的潛力。如果幻覺再醜一點，我也不會被她這般玩弄於股掌之上……

「……不，還是會吧。」

「嗯～？」

「不，沒事。」

「欸欸，仁太很常說『不，沒事』呢。你是不沒事星人嗎？」

「……」

「啊～對了！烤肉要帶什麼過去呢？芽芽喜歡拜爾倫牌的香腸，拜爾倫牌！」

對著興高采烈地不斷吱吱喳喳，即使不可愛，也絕對能「將我耍得團團轉」的芽芽，我抱著些許的反抗意識咕噥說：

「……我比較喜歡夏爾森牌。」

「咦咦咦——?!」

# BBQ

「非～常～好！歡迎來到魔法音樂屋！」

在染作深沉黑色的群木底下，烤肉爐冒著團團白煙。

久川手上拿著扇子，頭上捲著毛巾，安城和鶴見也已經來了。想不到她們這麼輕易就來了，真教人匪夷所思。也不想想自己，我還忍不住擔心，這兩個傢伙都沒有朋友嗎？

「嘿嘿，我可是周到地準備了烤肉爐喔！是辦公室的大叔借給我的。」

「烤肉的東西呢？我只帶來了拜爾倫牌香腸……」

「我帶了蠟燭。」

「咦？」

「我說了，蠟燭。」

鶴見遞出十分精緻的塑膠袋，看來重量很沉。裡頭正如她的宣告，裝了許多香氛蠟燭。

「不是要召喚芽芽嗎？我想可能需要這種鬼故事用的小道具。」

「啊，嗯……那烤肉的食材呢？」

「我晚上不怎麼吃東西，不用在意我。」

這人真是我行我素到了極致。不過呢，鶴見從前就有這樣的傾向，但嚴重到了這種地步嗎？

「喂喂，鶴子同學根本只想到自己嘛。但我可是相當欣賞任性的女人喔！」

「……別蠢了。」

「啊，呃，我……以為大家都會帶食物過來……所以不希望帶來的東西跟別人重複，就……」

安城有些害臊地打開超市的塑膠袋，裡頭是特價的經濟包煙火。

「咦！這是什麼……？」

「竟然買煙火，我們又不是小孩子了。」
「有、有意見嗎?!」
「停停停，冷靜——！別發火嘛，反正只要吃了這個，應該肚子就飽了吧！」
最後說明的久川打開了烤肉爐旁一只鍋子的蓋子，裡頭飄蕩著的是某種濃稠的液體。
「這個叫作米布丁，是用牛奶煮成的甜粥！」
芽芽探頭看向那鍋液體後，雙眼立即熠熠生輝。
「哇～好像嘔吐物唷！」
「……別說些讓人反胃的話。」
我忍不住吐槽芽芽，「咦？」安城便納悶地看向我。我連忙別開視線。
「結果……這個也不是烤肉嘛。」
「那要不要我試著將這個做成大阪燒？」
「……我吃香腸就好了。」
於是，「尋找芽芽吧大會」慢慢地準備開始。

安城為香腸切出刀痕；鶴見隨意地將蠟燭擺在樹木之間，然後點火；久川調整著烤肉爐裡的火焰。

幾乎沒有對話，充其量久川不時會問其他人：「那邊的情況怎麼樣啊！」但是，還是有著弔詭的嘈雜。

——是芽芽。

從剛才起芽芽就在眾人之間跑來跑去。「拜爾倫牌香腸要切成螃蟹唷！」「波波，火好旺盛喔！轟——轟——鼻毛真拳！」

她的吵吵鬧鬧，填補了久違地採取相同行動的我們之間的些許怪異感。

有些強顏歡笑，教人感到空虛的熱鬧。

因為能夠享受這種團聚在一起的感覺的人，只有我而已。因為除了我以外，誰也看不見芽芽。

「喂，宿海。」

「咦……」

鶴見突然開口向我攀談，胃部彷彿往上彈起了一下。安城和久川的外表變化也相當大……但不知為何，我覺得這傢伙變得最多。

「你說你看得見芽芽……芽芽出現了，是認真的嗎？」

「咦？那、那妳為什麼要來參加啊！」

「嗯？想請你說清楚啊。」

鶴見語氣平淡地說。她不願與我四目相接，因此看不清眼鏡底下的瞳孔顏色。

「想叫我說清楚什麼……？」

沙沙……！

「?!」

背後的草木發出偌大的聲響動了起來。眾人動作一致地回過頭，樹木之間隱約可見一道白影。

我好像聽見了某個人倒抽口氣的聲音。一瞬之間，往我席捲而來的無庸置疑的空白。難不成——

「芽……芽？」

明明芽芽就在我身邊，我卻忍不住低喃……然後——

「嗨。」

松雪朝著這邊輕舉起手，邁步走來。

「呼……搞什麼，原來是雪集！」

緊張的氣氛剎那間緩和下來。雖然鶴見似乎略微瞇起了眼睛。

「我帶來了帶骨肋排跟幾種蔬菜，還有香草鹽跟橄欖油……」

「嗚呼～不愧是雪集，跟派不上用場的女生們就是不一樣！」

「你說什麼！」久川和安城的拌嘴聲沒來由地讓我安下心來。居然真的相信有另一個芽芽，我真是腦袋不正常了。

是啊。除了久川外，沒有人相信芽芽的存在吧……

「啊～不過，嚇了我一跳。我還以為肯定是芽芽出現了……」

「芽芽是出現了啊，就在剛才。」

松雪乾脆爽快地宣告。由於語氣太過自然，我險些聽漏，但是——

「芽芽嗎?!」

久川擋下了差點要聽漏的話語。

芽芽是出現了啊，就在剛才？

「咦……⁈」

「咦？芽芽就在這裡唷……？」

我不由自主看向芽芽。眼前是仰頭看著我的芽芽。沒錯，明明，就在這裡。

「騙人！」

「真、真的假的⁈哪裡？芽芽在哪裡！」

「就在山谷那邊。」

「哇啊！居然有另一個芽芽……仁太，我們去看看吧！」

芽芽已經起腳往外狂奔。「啊……」在我六神無主之際，久川也跌跌撞撞地跟在芽芽身後。

「嗚噢噢，芽芽等著我吧！我會請妳吃香腸——！」

「啊，等一下……！」

「喂。」

背後傳來的冰冷話聲，讓我正要踏出一步的腳無法動彈。松雪皮笑肉不笑。

「看來不是只有你……看得見芽芽呢。」

「咦……」

這個笑容……是什麼意思？

松雪，你真的，看見了芽芽嗎……？

「喂喂！仁太，你也快點過來啊——！」

「哦……嗯！」

在久川的催促下，我跑了起來。肌膚上附著一層格外黏膩的汗水，就像貼上了膜一樣——彷彿有其他人的、我的，各式各樣的思緒都黏答答地沾附在上頭，這種感覺非常不快。

# 森夜迷宮

「芽芽——妳在哪裡～～！」

大聲喊著芽芽的名字，鐵道一瞬間心想：真希望仁太也一起大喊呢……但很遺憾，他無法如願以償。

當他注意到時，仁太已經和鳴子一同消失了蹤影。

算了，也好。鐵道心想。仁太光是提起了芽芽的名字，這樣就夠了。這樣子就很完美了。

當時，仁太是大家的領袖。

讓個頭矮小、腦筋也不聰明的鐵道加入超和平 Busters 的人，也是仁太。仁太冰雪聰明，運動神經也非常出色，有如閃閃發亮的英雄，像夏天的向日葵一樣咧嘴燦笑，對鐵道說了：

「你的名字是鐵道，外號就叫……對了，火車都會發出噗噗聲，所以你就叫波波吧！」

波波。這兩個字的發音，對於在班上也一無是處的鐵道而言，可說是嶄新的洗禮般的名字。

他知道仁太沒有去高中上課，但他覺得這不過是無足輕重的小事。這世上還有某些更重要的事情，仁太發現到了。

於是，相隔五年重逢後，仁太精準地推了自己的心思一把。

仁太再一次說出了芽芽的名字。

這對鐵道來說，比任何事都來得重要。芽芽真的出現了嗎？只是幻覺嗎——這些事根本無關緊要。

是仁太從某個地方為他拉出了，他一直記在心上的「芽芽」。然後現在，超和平 Busters 又能夠像這樣重新集結。

仁太果然是大家的領袖，在鐵道心目中，是比誰都強大的永遠的英雄。

所以，他想要吶喊。從腹部深處，大聲呼喊芽芽。

「芽芽！芽芽～～！」

配合著鐵道呼喚芽芽，芽衣子也跟著吶喊芽芽的名字。在夜晚森林中迴盪的回音，反射在鐵道手中的手電筒光芒上，然後在芽衣子的胸口落下奇妙的影子。

芽芽感覺到了。藉由和鐵道一起呼喚自己的名字，現在應該不在這裡的自己，確實是超和平 Busters 一員的喜悅——以及現在應該在這裡的自己，如今並不存在於超和平 Busters 之中的恐懼。

喜悅、恐懼，全然不對等的扭曲心情。但是，終究是喜悅的心情占了多數。因為，她和大家在一起。

「喂——芽芽——！」

聽到鐵道呼喚自己的名字，果然讓她很開心。

「芽芽——！」

芽衣子聲嘶力竭地大喊。為了連同大喊聲，吐出只要稍不留神就會沉進內心底部的某種情感。

「呼……呼啊！」

鳴子一邊奔跑，一邊出神地心想著。

（我怎麼會、穿有跟的鞋子來呢……）

每當遇到隆起的地面，跟鞋就跟著猛然一拐。早知道就至少穿楔型鞋了。

跟鞋也和衣服及指甲彩繪一樣，都是鳴子的武裝。鞋跟只要少些高度就會感到無所適從的腳踝，這時會有種緊繃縮起的感覺，讓她能夠比往常提起更多勇氣，走到人前，沐浴在他人的目光中；也能夠抬頭挺胸，與現在外表成熟的朋友們並肩行走……

可是，她有必要連在超和平 Busters 面前也武裝自己嗎？鳴子不知道。

再說了，鳴子也不太明白自己為什麼要奔跑。因為她並不相信仁太說的話。大家應該也都不相信，集只是在挖苦仁太吧。因為他——從以前就不怎麼喜歡仁太。至於知利子在想什麼，永遠都是團謎，從前她就是個有些超脫，十分成熟的小孩。鐵道可能……是發自內心相信吧。

（但話又說回來……那樣子也很詭異吧？）

最先說出口的人或許是仁太。

但是，如果鐵道沒有表示贊成，如果集沒有煽風點火，如果知利子沒有視而不見……所以被大家愚弄的，果然還是仁太。

沒錯，受害者是仁太。鳴子在內心某處這樣想道。

在打工的地方，雖然她對說出了芽芽名字的仁太大發雷霆，但是……她會生氣不單是因為他提到了「死去的人的名字」，其實還有著更複雜微妙的情感。

仁太看得見芽芽。

如果那是事實——當然，是指某方面上的事實——那麼，她無法原諒那樣子玩弄仁太心情的超和平 Busters 成員們。理所當然地，自己也包括在內。不可以隨著這麼過分的事情瞎起鬨，可是——

自己卻每次都隨波逐流，受到周遭旁人的影響。

仁太的背影在前方搖搖晃晃……她想阻止那道背影。再這樣下去會受傷的……

至今也已經受了太多傷害，痛苦的程度會再往上追加的，不是別人，正是……

「……喂！」

她發出了比預想中還洪亮的聲音。仁太回過頭來，那張表情。那一瞬間，總是略微張開的唇形……跟那時候一模一樣。鳴子的胸口傳來一記格外強烈的撞擊聲。她擔心被聽見，難為情地不由得加快語速。

「你、你不覺得……這樣實在很蠢嗎？」

（不對……不是這樣。）

「說什麼看到了芽芽，松雪也在胡說八道……只要你……別再提起芽芽，大家……一定也會……」

（不是這樣，所以說……）

內心浮現的話語與說出口的話語，果然不同步。可能只有些許的差異吧。但是，差異又太過巨大……

仁太明顯不悅地咕噥：

「……那妳幹嘛過來？」

「我……」

仁太沒有繼續說下去，往前邁步。

鳴子根本不想惹仁太生氣，正想追上去時——她多餘的武裝卻在這時彎作怪異的角度，滑下傾斜的地面。

「呀啊……?!」

她不禁叫出聲，心想要跌倒了的下一瞬間——

「安城?!」

仁太跑回來數步，捉住鳴子的上手臂，變成了從後頭緊抱住她的局面。

鳴子的耳朵霎時火紅發燙。

「謝、謝謝你！抱歉……」

「別鬧了。」

低沉的嗓音打斷了鳴子。是早已變完聲的，男人的聲音。

（宿海……手在發抖……？）

「妳是……笨蛋嗎？」

此時鳴子才驚覺，腳邊就是流動緩慢，隱沒於濃厚漆黑中的溪谷。

那幕景色……雖然不曾親眼見過，但起碼曾經想像過。芽衣子的涼鞋逐漸飄遠的……那幕景色。

「宿、海……」

「像這樣、就這樣……如果不只芽芽，連妳也……」

伴隨著熱度，她感受著耳垂後方的男人話聲，以及捉著上臂的顫抖手掌……和有著關節起伏的手指。

「你……長大了呢。」

「咦？」

不自覺間，鳴子放鬆了整個身體，也因此心與身的界線變得有些模糊……她吐氣似地接著說道：

「欸……其實你，真的看得見芽芽吧？」

「咦……！」

「你以前果然……喜歡芽芽吧？」

「什麼……?!」仁太恍然回神，迅速抽回捉著鳴子手臂的手。但是，鳴子沒有住口。

「因為你真的、真的很喜歡她……才看得見實際上看不見的東西吧……」

「妳、妳……」

望著眼前狼狽無措的仁太，她感覺到眼睛深處慢慢發熱。

她並不相信，可是……

「那個……既然你看得見芽芽，就對她好一點吧。雖然我腦袋也一片混亂，但拜託你了……」

「安城……」

這一次，這些話語確實與她的心情完全吻合。不只是為了芽衣子，也為了仁太……她希望他對芽芽好一點。

仁太手掌的熱度彷彿成了疤痕，一直依附在鳴子的上手臂上。為了這麼一丁點微不足道的觸碰，全身就如此發燙的自己，總覺得真是沒出息——

知利子眼睛眨也不眨地凝視著集烤著買來的肉……帶骨肋排該翻面了吧？現在一定有黑漆漆的焦痕。集的側臉一派從容鎮定，但心思大概不曉得飛到哪去了。不過她沒有開口提醒他。因為她想讓集清清楚楚看見自己烤失敗的燒焦痕跡。

「……啊──」

煙的顏色出現些許變化。集慌忙將肉翻面，輕叫了聲。

「果然。你明明很少煮飯，卻裝模作樣地買來這些東西。」

集哼了一聲。

「……我倒覺得妳那種像看穿人心的說話方式不太好喔。」

「怎樣不太好？」

「妳那樣子不受男生歡迎吧？」

「感謝你的關心。」

超和平 Busters 中，依然保有朋友關係的只有集和知利子。大家都是好朋友，大家都在一起……話雖如此，其中仍有深淺之分。當時交情最薄弱的，可能就是集與知利子。

集在想什麼呢？

知利子心想著。如果真能看穿他所有想法的話……即使她自以為一定程度上很了解他，但如果想再看得更加透徹，瞬間焦點就會模糊。

隨著年紀增長，隨著兩人身為朋友的距離越來越近，知利子反倒覺得越來越看不見集。每當如此，知利子眼鏡鏡片的度數都會加深。

如果真能夠看穿他的話。

「……妳別妨礙我喔。」

「咦？」

聽見集的低語，知利子答不上話。

因為，看吧，她又看不見了。

集抬起頭。

在烤過頭的肉飄起的燒焦白煙中，在摻雜著灰色的黑暗前方，蠟燭的火光左右搖曳，輕柔照亮了沒有找到芽芽，灰心喪氣地走回來的鐵道他們。

仁太與鳴子走在一段距離外。

「搞什麼～雪集，根本沒看到芽芽嘛！」

「……」

集目不轉睛地注視仁太。身旁就是他長年來朝思暮想的芽衣子，但集當然不可能察覺這項事實。

「欸～雪集，肉烤好了嗎～？」

芽衣子叫著集的小名。

明明他一直渴望聽見的甜美嗓音就在那裡，集的注意力卻沒有放在她身上，僅集中在仁太身上。

沒有去高中上課，頭髮也任其生長，不過身高增加得不多。儘管如此，他仍莫名覺得仁太十分帥氣。

是真的很帥氣，還是過去發生的種種才讓集有這種看法？無論是哪種……

（都教人火大。）

集持續瞪著仁太。留意到他的視線，仁太也稍稍回瞪向集……但是，仁太沒有堅持太久就別開了目光。

（是我贏了……）

孩子氣的勝負心掠過腦海。但是，為什麼？

他一點也無法覺得是自己贏了——這是為什麼？

「喂喂～難得買來的肉都烤焦了嘛！」

「第二輪馬上就好了，你等一下吧。」

側眼看著松雪為肉撒上胡椒鹽——我拿起切成螃蟹狀的香腸，對其形狀沒有任何感動就放入口中。烤好後放了一段時間，香腸已經完全冷了，肥肉黏膩地沾附在臼齒上。

真不舒服……這個濕氣極重的夜晚也是，所有的一切都讓人不舒服。

松雪一臉若無其事地烤著新買的肉。嘴上說什麼看見了芽芽……神情也太悠哉了吧。

錯不了，這傢伙鐵定是為了要我才撒謊。搞什麼啊，事情要做卻做到一半。

反正都說謊了，至少貫徹到最後啊。

「話說回來，雪集，你太過分了！竟然這麼老神在在，你應該跟我們一起去找啊……」

「啊～……因為這是芽芽的要求。」

「咦？」

松雪沒有停下烤著肉的手，爽快地回答了。

「芽芽出現在我面前的時候說了，要我們不要再繼續大驚小怪。」

「咦……？」

松雪筆直望著我，又是皮笑肉不笑——那種試探著我的不懷好意眼神。

「咦咦？芽芽說了那種話嗎？」

站在我身旁的芽芽呆呆地微側過臉龐。

果然……這傢伙什麼意思啊？

就為了瞧不起我，特地參加烤肉大會嗎？甚至特地買了昂貴的肉？

「她要我們別擅自說要實現願望就瞎起鬨。對芽芽來說，我們這樣子可能讓她很困擾吧。」

松雪繼續說道，依然注視著我。

「松雪，等一下！」

大家慢慢察覺到松雪的企圖。安城來回看著我與松雪，一臉不安。

「芽芽大概覺得很不舒服吧？都已經過了五年了喔？居然一直都還優柔寡斷地割捨不下。」

「喂！雪集，你……！」

「唔……！」

「我也在反省了。雖然忍不住就配合宿海胡鬧……可是我們這樣子，芽芽絕對不會高興的。」

「……」

「因為宿海看起來很可憐啊。芽芽不在了，現在又沒辦法去學校上課，實在很教人同情……」

「仁太……」

芽芽瞪大了雙眼看著我。

我儼然成了沙袋。算了……隨你高興怎麼說吧。

「可是，做出這麼愚蠢的行為，我覺得真正可憐的不是宿海，而是芽芽……」

我不懂松雪在想什麼。他對我有什麼怨恨嗎……是因為我在那一天，對芽芽說了那種話嗎？

因為我傷害了芽芽……然後芽芽就……

「才不是這樣！」

我吃驚地看向芽芽。

芽芽像波浪鼓一樣連連搖頭，並不是針對我，然後環顧眾人。

「才沒有這回事！怎麼可能會很可憐……芽芽自己也不太清楚啊！我的確也不曉得自己為什麼會在這裡……也有很多事情很害怕，現在也有很多事情不懂！可是……」

這時我才發現，芽芽哭了。她的臉蛋皺成一團，用力地握起小小的拳頭。

「大家可以聚在一起……大家可以回想起芽芽，這樣子更加、更加讓我覺得開心啊！」

「啊……」

「欸，宿海……還有你們也是，都忘了芽芽吧。不要再一直耿耿於懷了……」

「我不要！不是……就說不是了嘛！」

無法傳進松雪耳中的吶喊。但是，芽芽仍然沒有放棄。

「就算芽芽死掉了……我還是希望大家一直～一～直都是好朋友啊！所以……！」

芽芽用力地搖了下頭，用力到眼淚幾乎要飛出眼眶。

「所以……大家不要因為芽芽而吵架！」

……

「……這算什麼啊。」

「咦……宿海？」

我不禁脫口而出。這算什麼啊？

居然叫我們不要因為芽芽而吵架……這種時候還擔心我們嗎？

明明聽著他人逕自說出與自己想法截然不同的話語，就算想否認，對方也聽不見，話語無法傳達出去。

受傷最深的人……不正是妳嗎？

「哦……喂，宿海，你有話想說嗎？」

松雪像在表示接受了我的挑釁般，露出微笑。

必須……說點什麼才行。我心想道。

「啊……啊……」

想說的話應該堆積如山才對。然而，言語好像牢牢地黏在了喉嚨深處。因為不管我說什麼，肯定都只會被瞧不起。

我不想被瞧不起。

並不是為了完全失去領袖資質的自己。那種身分我老早就放棄了，可是——現在在這裡的芽芽——是啊，她也許是我的幻覺。但是，她確實存在於這裡。我不想讓淚水在眼眶裡打轉、嬌小的肩膀不斷顫抖的芽芽被瞧不起。

一旦我說了些什麼，松雪更會喜不自勝地試圖傷害我吧。但那樣子遠比起我，更會傷害到芽芽，所以……

「喂，宿海，你怎麼了？回答我啊。」

「雪集！你夠了吧……！」

就在久川想抓住松雪手臂的時候。

「……」

芽芽像是下定決心，猛然抬起頭往前衝。

「咦……？」

她跑向安城丟在原位不動的煙火，朝袋子伸出手——

「相信我啊……！」

大喊之後，開始啪哩啪哩地慢慢拆開包裝。

「……咦！」

一開始大家並沒有發現，但沿著吃驚得說不出話的我的視線望去……然後，也完全和我一樣啞然失聲。

「什……?!」「噫——?!」

不一會兒，大家找回來的聲音，就是夏季尾聲親眼見到了靈異現象的人會有的平凡反應。

眼前的芽芽拆開煙火包裝，從中選了一支煙火。在我眼中是這樣……但在他們眼中——

「怎、怎麼回事！煙火竟然自己動起來……！」

「喂，宿海！你別開玩笑了，這是用了什麼把戲?!」

連松雪也臉頰僵硬，聲音變尖。

「住手……芽芽，快住手啊！」

其實我早就隱約察覺到了，這個芽芽可以觸碰到某些東西。明明是幻覺？不，是真是假已經不再重要。

既然如此，要向大家提出芽芽就在這裡的證明並不難。

但是，我之所以不想那麼做，是因為我不想讓芽芽……讓曾是大家的同伴，讓現在仍覺得自己是大家同伴的芽芽；讓露出了和當時一模一樣的傻氣笑容、說著「Desuyo。」和《鼻毛真拳》等孩子氣詞彙的芽芽——

被超和平 Busters 將她想成是再適合夏天不過的「幽靈」這種存在。

「芽芽……！」

但是，芽芽沒有停下來。她絲毫不畏被大家害怕、被大家誤會，將手上的煙火輕輕地舉向鶴見放置的，正好符合鬼故事氣氛的蠟燭。

嘶……

然後像是汽水往外噴出一樣，發出了清脆到教人吃驚的聲響，點燃了煙火的前端。緊接著……

「！」

就在大家眼前，芽芽開始在半空中轉動煙火，劃出的光之軌跡，在黑暗中燦然浮現——

那是那年夏天的記憶。大家一起出零用錢買了煙火。因為大人禁止他們玩火，他們就像在做壞事，抱著在做違法事情似的興奮感，一起等著日落到來。

那一天好像也是「嘶」的一聲，像汽水噴出一樣點燃了煙火前端——「哇啊！」

不知道是誰先發出了歡呼聲。

「嗚哇！仁太好厲害。劃圓圈！劃圓圈！」

果然我們還是小孩子，根本無法靜靜地欣賞斑斕豔麗的煙火，享受放煙火的樂趣。我們不斷用力揮舞煙火，當四周天色變暗，開始用煙火接二連三地劃出軌跡以取樂。我靈活地轉動手腕，得意洋洋地不斷讓半空中出現圓圈。見狀，芽芽說了：

「那麼！這個是什麼～！」

然後她揮起煙火，做出了奇怪的動作。

「那是什麼？數字8嗎？」

「啊！難道是無限大？」

鶴見發現後，芽芽欣喜地點了點頭。

「沒錯，這是無限大的符號唷！」

「咦咦～無限大是什麼？」

「波波，你不知道嗎？無限大就是會永遠一～直持續下去的意思喔。」

聽了松雪的說明，芽芽又是嗯嗯地連連點頭。

「是啊，這個指的就是超和平 Busters 喔！」
然後，臉上帶著燦爛無比的笑容——
「意思就是大家永～遠永遠都是好朋友喔！」

「……芽芽……」
浮現在黑暗中，因煙火軌跡而生的花朵。
那朵花的花語——芽芽一再一再地轉動煙火，一再一再地創造出「好朋友」。
「啊……！」
剛才為止大家還懼怕不已的表情……在回想起那個記憶後，開始領悟，然後改變，不再是親眼目睹到了夏季靈異現象的那種表情。
有著驚訝、困惑……甚至不只如此。
「真、真的是……芽芽……」
安城不由自主低喃的那一瞬間。
「……別胡說八道了！」

松雪忽然放聲大叫。芽芽的動作倏然停下。

「雪集……？」

「別開玩笑了，這算什麼？……我才不相信！我絕對……不會相信的！」

松雪的吶喊在夜晚的森林裡迴盪。

他焦躁地跑走的腳步聲逐漸遠去，誰也沒有阻止他，靜靜地豎耳傾聽。

松雪製造出的聲響消失後，反之夏季尾聲的蟲鳴聲支配了四周。但是，大家依然緘默不語。

這陣沉默——正以莫大音量持續訴說著大家相信了芽芽的瞬間。

芽芽手上的煙火不知什麼時候嘶嘶嘶地熄滅。

「仁太。」

芽芽朝著我笑了。和那天一樣，是非常笨拙又傻氣的笑容……然後——

「對不起。」

不知道為什麼地……開口向我道歉。

# 同樣的傷痕

唧唧……

聚集在秘密基地燈光下的昆蟲振翅聲，為寂然無聲的室內帶來了些許生氣。

鐵道、知利子和鳴子，都沉浸在一片靜默中。集回去了，仁太……也和芽衣子一起回去了。

和芽衣子一起回去了？

那一瞬間。煙火劃出了8符號的瞬間，他們確實都產生了前所未有的「感受」，相信了芽衣子的存在。

可是，像現在這樣沉澱了一段時間後……他們開始沒有自信，懷疑雙眼所見的事物是真的嗎？

「芽芽……真的出現在那裡嗎？」

鳴子用有些顫抖的音色打破沉默，對此知利子回答了：

「妳知道共同幻想嗎？」

「共同幻想？」

「因為擁有同樣的傷痕……我們才會看到一樣的東西。」

……同樣的傷痕。知利子說的話聽在鳴子耳中，有些像是甜言蜜語。

至今她一直一個人承受──明知道「沒有這回事」，但因為沒有那麼一瞬間能夠一起共同承擔──但既然知利子也能與自己的傷痕產生共鳴──

「也許……是吧。嗯，也許是吧。」

鳴子連說了兩次「也許是吧」，心情平靜許多。因為要是真的相信了，那未免太……

「……妳們是笨蛋嗎？」

鳴子與知利子吃驚地抬起頭。

「為什麼不相信？再怎麼想那個都是芽芽吧？」

「可、可是……」

「這不正是一個機會嗎？」

「咦……」

鐵道露出了非常認真的眼神，不論怎麼翻找與過去的他有關的記憶頁面，都找不到相同的眼神。

「如果芽芽出現了……我們就能為了之前的一切向她道歉了吧？這樣子不是很棒嗎！」

不可思議地，鐵道的想法與前天晚上仁太的想法不謀而合——但他當然不會知道。

「是……啊，可以道歉呢……嗯……」

鳴子也對鐵道的意見表示贊同。如果能夠道歉，一直以來懷抱著的，無處可宣洩的情感一定也能……

「道什麼歉？」

但是，知利子的聲音卻冷靜至極。

「道什麼歉……」

「芽芽死了是妳害的嗎？」

「！」

鳴子「唔」地語塞，無法反駁。

「鶴子，等一下！」

「……」

「討論是安鳴的錯，還是其他人的錯，這根本莫名其妙吧！我當時……也跟著起鬨了啊。那個……喂、喂！」

知利子沒有聽到最後便邁步離開。鐵道慌忙轉頭看向鳴子。

「喂，安鳴……」

「……別叫我安鳴。」

聽到這個回答，鐵道有些鬆了口氣……但也只是一瞬間。很快地，他在心裡反芻知利子說過的話。

（為什麼道歉？）

想道歉的事情確實很多。真要說的話，的確到了「想說得要命」的程度。但是，要道什麼歉呢……知利子說得沒錯。具體而言，他一點也不曉得。

（我在幹什麼呢？）

知利子獨自一人走過夜間的橋樑，出神地心想著。

某個人傷害了某個人。

（這次是我傷害了安城同學。）

不……不對。她傷害的，肯定是——

知利子很確定，「鳴子認為」芽衣子會死都是鳴子害的。因為在自己心中，她也反覆問過了無數次這個問題。

（大家都必須受傷才行。）

當然，自己也不例外——

集站在昏暗的房間裡。

毫無裝飾品的房間顯示出了集完全沒有興趣愛好。沒有遊戲也沒有雜誌，連少年會有的些許「裝大人」跡象，也不存在於這裡。沒有西洋音樂CD，也沒有成堆的純文學書籍。

與之同時，房內籠罩著教人感到窒息的集的「執著」。集靜靜地呆站在這樣的房間裡好一陣子後——

碰！

冷不防地再也忍無可忍，起腳踢飛椅子。

接著他馬上轉身握起拳頭捶向牆壁，一次又一次地反覆捶打。模糊的痛意讓他焦躁不已。他想要更加猛烈的疼痛，那種可以輕易地覆蓋掉胸口痛楚的疼痛。

「開什麼玩笑……開什麼玩笑！」

怒火一發不可收拾。

集的腦海裡全是仁太自鳴得意的模樣。

（不管是誰……笑死人了，那一定是他動了手腳。那種花招誰都辦得到！搞什麼啊，尤其是你！尤其是你！）

每次回想，血液就彷彿滾燙得快要沸騰——

（尤其是你——不准提到芽芽！）

假使芽芽真的存在，為什麼只有那傢伙看得見？

怎麼可能有這種蠢事……就算不是幽靈，就算是腦袋有毛病的喪家之犬仁太的幻想，他也不允許。

沒錯，那傢伙所做的每一件事都不可饒恕，只要是與芽芽有關的事情——集已經不曉得該怎麼面對這些無從整理的情感。

因為不曉得該怎麼處理，集打開了門——然後——

開口對「芽芽」說話。

「芽芽，出來吧……」

打開的門扉後方，「芽芽」就在黑暗之中。

與仁太見到的芽芽不同……但「也許」與鐵道見到的芽芽一樣，是屬於夏天的亡靈。

「芽芽……」

集動作輕柔地抱住「芽芽」，輕輕撫摸那觸感纖細又光滑的長髮。向她表達愛意的時間太少了……對，沒有時間了。

「那群傢伙真是可憐，竟然被那種人耍得團團轉。可是……我也無法原諒那群傢伙。芽芽……居然把那傢伙的玩笑話當真，這是他們快忘了妳的證明吧……？」

唯獨妳，我不會再讓妳感到寂寞了。

由我來陪伴妳的「孤獨」吧——集如此下定決心。

# 夏天的被排擠者

點燃蚊香後，一道白煙裊裊升起，在潮濕的起居室裡搖曳晃動。

「嗯呼～好香喔！全世界的味道中，芽芽最喜歡的可能就是線香的味道唷！」

回到家後，芽芽的情緒格外亢奮。顯而易見她是故意表現得活潑開朗，我的表情忍不住變得僵硬。

對此……芽芽相當在意吧？我並不是在責怪她，芽芽卻歌唱般喋喋不休地講述今天發生的事情。

「唉～虧芽芽很想看見芽芽呢，真可惜！」

「……」

「芽芽．路易吉會穿綠色的洋裝嗎……啊，可是芽芽的洋裝也不是紅色呢。」

大家都相信了芽芽。

不出所料，果然每個人都臉色大變。一行人幾乎沒有什麼交談，也沒有特別提及芽芽，茫無頭緒下就分道揚鑣。就連之前看起來基本上算是相信了我說法的久川也是。

「芽芽・路易吉果然會比芽芽・瑪利歐還高嗎？」

就連我……一開始也害怕得不得了。

我想是因為我看得見芽芽，能夠和她說話，所以才能接受這項事實。可是，就算說芽芽出現了，只要沒有看見幽靈芽芽的身影，他們若把她的外表想像成是肉被削下了一大塊的殭屍，那也無可厚非。

半空中劃出的無限大符號。那一瞬間，在他們心中芽芽並不是記憶中的「好朋友芽芽」，而是成為了……

幽靈。

「芽芽・路易吉如果很成熟又漂亮，仁太覺得芽芽・路易吉比較好嗎？」

與其讓他們用幽靈這個確切的名稱看待芽芽……倒不如自始至終都是我的幻

覺還好得多。

沒錯，我不想讓他們定義她的名字。為芽芽定義芽芽以外的任何名字。

「……欸，仁太？」

「啊……咦？什麼？」

「你都沒在聽我說話！真是的，我跟你說喔，芽芽．瑪利歐跟——」

「……芽芽，我想問妳……」

「啊～！你還沒有回答芽芽的問題耶～」

「妳為什麼……要道歉？」

「……」

芽芽忽然垂下眼皮，好一半晌就這麼陷入沉思……然後，緩慢地，一點一點地，像要解開糾纏在一起的絲線般低喃：

「芽芽我呢……當個外人就好了。」

「咦……」

外人……？

「我回到家……看見了媽媽。她在芽芽的……佛龕前，為我供奉了咖哩喔。」

「啊……」

我想所謂血色全無，就是指我現在的狀態吧。

芽芽回過家，這件事一點也不奇怪。可是，但是……她的語氣，落寞的眼神。

「媽媽呢，覺得芽芽很笨，可能會跑回家。但是這個樣子，不管是爸爸，還是小聰，大家一定都會很難過。」

芽芽一面說著……一面在大腿上緊緊地握起拳頭，拚命強忍著淚水。

我的問題真是太殘酷了，真想立刻轉移話題。但是，我又覺得自己必須認真地傾聽她一邊顫抖，一邊仍竭力吐露的真心話。

「芽芽在想啊，讓大家覺得芽芽真的已經死了呢、真的已經上天堂了呢，這樣子大概比較好吧。」

「……」

「因為大家看不見芽芽呀。既然如此……當個外人，一定比較好。」

啊……我心想著。

這傢伙總是這樣。說些蠢話，做出脫線的舉動，但背地裡總是在意著周遭旁人。淨是窺看別人的臉色，即便自己成了小丑。

「可是……我還是忍不住用那樣的方式，轉動煙火……對大家說，我在這裡喔……既然看不見，應該一直……都看不見，那樣子一定……」

再也隱忍不了，眼淚滴答滴答地從芽芽的眼眶滑落下來。

可是……芽芽，那樣子太奇怪了吧？因為——

「怎麼可能把妳當成外人啊？」

「仁太……」

「因為我……看得到妳啊。已經徹底相信……妳就在這裡了。」

「啊……」

芽芽像是看著奇妙的生物——簡直可以說就像看見了幽靈一樣地怔怔望著我，然後……

「我好高興。」

帶著怔怔的表情，用極其細微的音量如此輕喃。

「我關燈了喔。」

「嗯，晚安！」

我讓芽芽睡在床上，自己往沙發躺下。我試著用與昨天不同的角度橫躺在沙發上。腰有點痛。

月光隔著窗簾灑進昏暗的室內，朦朧地照亮房內事物，也溫柔地照亮了芽芽雪白的肩膀。

原來月光這麼明亮啊。

因為我最近總是打電動打到睡著，這個房間二十四小時都亮著燈，縱使白天不需要開燈也開著。代替陰沉沉的我，白亮的日光燈一直為我耀眼地發亮。但是，現在……

原本存在於此的自然柔和光芒，正照亮芽芽……

「……仁太。」

「咦……？」

躺在床上的芽芽背對著我說。

「可以問你一個問題嗎？」

「什麼問題？啊，關於芽芽．瑪利歐嗎？」

「……你不去上學，是芽芽的關係嗎？」

「……」

好似隨時要發散消失的話聲。為什麼……這麼問啊？

「妳很在意……松雪說的那些話嗎？」

松雪確實說我是「芽芽不在了，現在又沒辦法去學校上課」。但聽著他肆無忌憚的大放厥詞，我沒能去思考每一字每一句的殺傷力。

「不是的，可是……」

「並不是妳的關係啦。」

不，理由我也不知道。

芽芽不在了、老媽不在了、考試落榜，這些「拒絕上學」的理由說起來很冠冕堂皇……但是——

「……只是覺得麻煩而已，就是這樣。」

「這樣、啊……」

芽芽一骨碌轉過身來，腳上捲著毛巾毯面向我這邊，然後雙眼綻放出了淘氣的光芒，用開玩笑的語氣說：

「啊！說不定這就是芽芽的心願喔？我希望仁太去上學！」

「……妳真的是隨自己高興，在運用心願當藉口耶。」

「嘿嘿！」

芽芽十足刻意地露出開朗笑容，為了帶過自己提到學校的這個話題。

「那再說一次，晚安！」

「嗯……晚安。」

一會兒過後，傳來了芽芽規律的熟睡呼吸聲。

照亮了芽芽肩膀的月光，不知何時被夜晚的雲朵覆蓋住。

「……」

芽芽不在的這段期間，許多事情都改變了。例如年齡、身高，都無法回到從前。

連超和平 Busters 的關係也是。但是，就算只有一點也好，我想接近當時的自己——不，是那個時候。我產生了這樣的念頭。

「咦咦！仁太，你怎麼了？」

起居室內瀰漫著早晨的氣息。近來我甚至很少在老爸出門上班前起床，現在竟然還穿著高中制服走進起居室，老爸看著我瞪大雙眼，迎上前來。

「呃，沒什麼啊……幹嘛？」

「呃、嗯，沒什麼喔？」

老爸一字不漏地重複我說過的話，裝出一副行若無事的樣子，不過很明顯坐立不安。

「啊，你要吃早餐嗎？」

「嗯……不用了。」

「是嗎？不過，還是吃點東西吧……啊，家裡有優格。」

「嗯……」

我直接走到洗臉台前頭，往牙刷塗上一大坨牙膏，沒來由地想藉由強烈的刺激搪塞帶過許多事情。

透過鏡子可見老爸正準備著出門上班，依然顯得坐立不安。他往我偷瞄，隔著鏡子與我四目相接後，慌忙別開。

「……呸！」

我吐出堆積在口中的薄荷口味唾沫。

明明我要去上學……老爸的反應並不是高興呢。

看了老爸這樣的反應，我事到如今才心想：「我給他添了不少麻煩吧。」當年的我，心中從未有過「不去上學」這個選項。老爸也相當不知所措吧……

「……嗚哇！」

不知什麼時候，芽芽蹲在我的大腿底下。

「咦？仁太？」

「啊……哦，不，沒事。」

「又來了，『不沒事星人』。」

芽芽仗著老爸聽不見，用和平常一模一樣的音量對我說話。當然我壓低了音量回話：

「妳、妳已經醒了嗎……」

「芽芽是開玩笑的唷。」

「咦？」

與開玩笑這三個字並不同步，芽芽幾乎算是瞪著我，分外嚴肅地說：

「昨天芽芽說，希望仁太去上學可能是我的心願，是開玩笑的唷。」

「咦……」

「你不用勉強自己喔？」

然後露出了泫然欲泣似的，又像挑釁似的表情……啊，這傢伙真的是——

「……笨蛋。」

我小心著不被老爸看見，輕彈了一下芽芽的額頭。

「啊嗚。」

「我只是心想也該去上學了。之前不去學校，並沒有什麼特別的理由。」

「仁太……」

我會實現芽芽的心願。

當然，我並不真的認為這就是芽芽的願望，畢竟這跟大家又沒有關係。我只是若不先做點什麼，就無法沉住氣。

——我想接近當年的自己。僅此而已。

震耳欲聾的唧唧唧蟬鳴聲，與一樣震耳欲聾的小鬼們蠢笑聲混合在一起，但這陣融合逐漸變成是小鬼們占了上風。

往學校的路途原來這麼短嗎……我心想道。不過，說到去高中，也只有考試的時候和其餘幾次而已。

越是心想著不想走到，越是一眨眼就在前方。

火辣的太陽熾熱地照在後腦勺上。啊，汗水流下來了。

經過我身旁的學生們看起來都既像是認識，又像是不認識，不太能夠辨認長相——對了，保持著無法辨認的狀態去上課就好了。這些嘈雜的噪音，也想成是同一團聲音吧。

如果去思考每一個人的基本資料，雙腳就會停下來。

「……好熱，好熱，好熱啊……」我悶聲重複嘀咕。

真是個奇怪的傢伙，竟然自言自語。但是，我也別無他法。如果不說點什麼，湧入耳中的資訊量實在太過龐大，讓我招架不住。

「哎呀～這不是宿海嗎？」

「！」

一道像喉嚨裡黏了大量脂肪的尖銳嗓音從聲音凝聚體中竄出。我不由得回頭，眼前就是看似認識又像不認識的兩個女生。

「你來上學了嗎？了不起了不起！」

由於正面相對，原先模糊不清的個人資料變得清晰。其中一個人是國中讀隔壁班的女生，現在八成同班……是安城的朋友。不過，她以前並沒有這麼黑。幹嘛啊，沒事曬得這麼黑，簡直是叉燒肉的顏色。

「怎麼了？你的臉色好像不太好耶～？」

「……」

我目光不善地望過去。別向我搭話啦。

叉燒肉有些畏縮……至少看起來是。但是，她緊接著又用大嗓門向我施壓。

「安啦安啦，才一個學期沒來上課，誰都不會放在心上……再說了，根本沒有人把宿海放在眼裡嘛？」

「呀哈哈哈！」

搞什麼……什麼意思？這個叉燒肉跟另一個閒雜人等想做什麼？想嘲笑我嗎？還是說？

「早安～……?!」

「啊，來了來了。鳴子～」

「宿海……！」

安城在非常不巧的時機走了過來。見到我後，瞬間倒抽口氣。

昨天我們已經狼狽透頂地見過面，我也記得自己捉住了她的手臂。但是——在不熟悉的學校前方看見的這個傢伙——

「話說回來，愛的力量真偉大耶？都是多虧了妳跑去他家嘛！」

「什……?!」

「好熱喔！愛太火熱啦——！」

叉燒肉跟另一個閒雜人等開始噗噗叫地胡亂鼓譟。安城面紅耳赤地厲聲反駁：

「不要亂說啦！誰要跟這種傢伙……啊！」

安城瞄向「這種傢伙」。現在這種傢伙的嘴唇肯定正不停顫抖吧……真遜。

但是，我不能一直遜下去。

「好熱嗎……說得也是……」

「咦？」

我動起腦袋，尋找著犀利又確實能對這些傢伙造成傷害的話語，以最快速度運轉著。

「要不是被天氣熱昏了頭，我、才不會想來這種淨……！淨是一群低能兒，跟動物園沒兩樣的剃、地方！」

完了，我——

「呀哈哈，他吃螺絲了！」

「這小子想撂狠話，結果竟然吃螺絲——！」

我的臉脹得通紅。

「啊……宿海！」

我起腳飛奔。為什麼我老是在奔跑？

好熱，耳朵一帶好燙，笑聲不絕於耳地持續追上來。

但是那些笑聲中，並沒有安城的聲音——我有這種感覺，但是一樣無法肯定。怎樣都無所謂。在這裡，並沒有我的同伴。

「……唉～」

背靠向公園的長椅後，粗糙不平的木頭紋理輕輕勾住了襯衫，頭頂上方的綠意無比幽深。

我們以前也很常在這座公園玩呢……是座幾乎沒有遊樂器材，對小鬼很不友善的公園。老爺爺們總是在這裡玩槌球，我們都很想摸摸看那個像是將木頭鐵鍾的握柄加長的槌球桿，也一直很想玩玩看。

但老爺爺們卻說：「這項運動等變成了老頭子才能玩。」於是芽芽踏著步大喊：「真想快點變成老婆婆！」

芽芽這傢伙……竟然說這種話。

「芽芽……我沒辦法去學校。」

我不由自主喃喃自語。

小學時曾有個傢伙不願上學，當時我還心想不用想太多，跟往常一樣回來不就好了嗎？但是，才沒有那麼簡單。曠課的這半年已經徹底滲透進身體裡，習慣了一個人獨處，變得對他人的目光非常沒有抵抗力……

「你不用勉強自己喔？」

「……」

……媽的。

總覺得我的想法全被芽芽看穿了。她大概也已經預料到我終究沒能去學校，會厚著臉皮又溜回家吧。

芽芽早就知道……我已經無法變回當年的我了。

「……」

但我不想承認。

我也能想像到芽芽的各種樣子。當我回到家，芽芽會出來迎接我吧，肯定還帶著滿面笑容。看見我沒能去學校，她卻隻字不提，反應非常平常地接受事實。芽芽就是這樣子的女孩。

「……哪能回家啊。」

汗水流到了鼻子底下。分明九月了，還遲遲看不見夏季尾聲……我伸出舌頭舔掉流到嘴唇的汗水，味道有一點鹹。

樹蔭帶來假象的涼意，我得救般地抬頭——秘密基地仍沉浸在殘暑的餘韻裡。明明天氣這麼炎熱，獨獨灑在秘密基地屋頂上的陽光隱約有著九月的氣息。我甚至覺得白跑了一趟。

忍不住就跑來這裡了。

與超和平 Busters 重逢後，雖然並非全是好事，但除了住家以外能有「暫時可以去的地方」，也許是種救贖。

「……嗯？」

我伸手握住門把，沒有遇到任何阻力就打開了。

竟然沒有上鎖，未免太不小心了吧……久川一直住在這裡吧？不過，確實是沒有能偷的東西啦。

「喂～……久川？」

與九月的刺眼白光形成強烈對比，室內一片漆黑。總之我先踏進屋內。

「……嗚哇！」

入口附近隆起的塊狀毛巾毯裡有人——久川正縮成一團窩在裡頭。

「……嗨，仁太。」

久川低沉又緩慢地開口說話，從前的樣子在這道嗓音中完全銷聲匿跡，雙眼還非常紅腫。

「芽芽……在這裡嗎？」

「不、不，今天……她不在。怎麼了嗎？」

「是嗎？」

天氣熱得要命，久川卻將毛巾毯披在肩上，慢吞吞地起身。短褲的繩子變得很鬆。

「……昨晚真是刺激呢。」

「啊？嗯……」

「我……之前一直相信芽芽存在。」

久川流露出有些虛幻的眼神，抓著屁股說。

「可是啊，追根究柢，我一直相信著的……其實是仁太。所以如果仁太相信芽芽存在，我也會相信，定律就是這樣。」

定律……？

「可是……該怎麼說呢，那個……」

久川不停地搔著屁股，大概是想不到其他動作了吧。隨即，久川總算想到並採取的新行動是——

「擤——嗯！嘶嘶。」

他拿起桌旁的面紙，還刻意說出擬聲詞，用力地擤了擤鼻子，然後像是轉換了心情般看向我：

「果然對芽芽來說，仁太是特別的呢。」

「！」

我感覺到自己臉紅了。

特別，擁有美好音色的兩個字。而且不是自己這麼認為，是由第三者賦予的稱號。我在芽芽心中，是特別的。

「你、你在說什麼啊！才不是咧！」

我莫名比平常大聲地反駁。

「可是如果不是這樣，為什麼只有仁太看得見？」

「呃，我也不曉得……」

「用不著謙虛，你是特別的喔。」

「嗚哇！」

這時我才驚覺鶴見就站在背後。原本還愣愣發呆的久川突然橫眉豎眼。

「鶴子！妳昨天居然……！」

「昨天？」

「呃，不……」

鶴見沒有回答，將紙袋遞給久川。是在市區的百貨公司購物時會拿到的，有著鮮豔彩色格紋的時髦袋子。

「我帶了馬克杯過來……烤肉時都沒什麼餐具，我太吃驚了，就去了這裡。」

「咦？可、可以嗎……啊，這是什麼……這不是咖啡機嗎？」

「另外送你的。因為我母親在特賣會上買了新的回來……雖然是二手。」

「嗚噢噢，太感謝啦！怎麼回事，鶴子，妳是貴族嗎——！」

久川倒豎的眉毛霎時下垂到比平時位置還低……所謂拿人手軟，這人真是好懂的傢伙。

「今天……松雪向學校請假。我想可能會演變成長期抗戰，所以想要有喝的東西。」

鶴見瞇起眼鏡底下的雙眼。長期抗戰？

「哇噢～～！那就馬上開始咖啡時光吧！」

搶在我詢問鶴見那句話的意思之前，久川就興沖沖地開始操作咖啡機。

鶴見彷彿一直以來那裡就是自己的位置般，往老舊的沙發坐下，仰頭瞥向我。

「……所以芽芽負責看家嗎？」

「妳也……願意相信我嗎？」

「不知道。不過，我有一半相信。」

這時，與咖啡機奮鬥的久川發出了有些埋怨的聲音。看來也有在聽他們說話。

「什麼啊，明明妳還說那是共同幻想……」

「放心吧。」

「咦？」

「因為我也一定會受傷。」

鶴見低聲說著與久川的問題完全無關的回答。

# 叫我的名字

「……」

在如此酷熱難耐的天氣裡，「忘了」開冷氣的集定睛望著手機。

知利子傳來了訊息：「今晚超和平 Busters 的成員要一起舉辦芽芽的歡迎會。你身體大概不舒服吧，但方便的話……」

「方便的話……什麼？」

居然說方便的話，他半點也找不到方便的理由。

集心浮氣躁——他覺得知利子背叛了自己。

超和平 Busters 的成員？

集的憤怒原封不動地成了「芽芽」的憤怒。他幾乎能在耳邊感覺到她正靜靜地顫抖著，她那低沉紊亂的呼吸聲。

集可能無法做出正確的判斷吧。但是……他心想只能那麼做了。

（既然有個芽芽只有那傢伙看得見。）

對於集在心中所下的判斷，不曉得「芽芽」有什麼想法……但是，集已經無法停止。

「芽芽……讓他們看看妳吧。」

集用力打開門扉。

「啊～……」

芽衣子對著旋轉的電風扇做發聲練習。

仁太在去上學之前，打開了自己房間的窗戶，還擺了一台電風扇。名為芽衣子的存在會覺得這個季節「很炎熱」嗎？感受得到嗎？她不知道，也刻意不去確認。

芽衣子按下電風扇的開關，以接受仁太那份不確定能否以體貼來形容的心意。

「啊～……啊～……」

但是，果然無事可做。在這空閒的時間裡，擔心仁太的心情也呈現大理石花紋狀地混雜交錯，所以她更是不知如何打發時間。

芽衣子走下一樓。

起居室裡有佛龕。

芽衣子雖然早已察覺其存在，但一直隱隱害怕靠近。仁太的父親對著佛龕呼喚的名字，上頭照片上芽衣子也熟悉的祥和面孔……她遲疑著不敢上前確認。

但是，芽衣子鼓起勇氣，端正跪坐在佛龕前的坐墊上。

「阿姨……」

芽衣子朝著放有仁太母親照片的佛龕雙手合十，也因此出現了幽靈悼念死者這種奇妙的場景。

「比起這張照片，阿姨本人更漂亮喔……芽芽也不太喜歡自己的照片呢。不過，芽芽照相的時候總是比勝利手勢，沒有比勝利手勢的照片可能很少吧……？」

她叮地敲響銅磬。輕脆的響聲帶著清涼的餘韻，在悶熱的室內繚繞迴盪。

「雖然芽芽也死掉了，但總之芽芽現在過得還不錯……」

……滴答，有東西從芽衣子的眼眶滾落下來。

「啊，咦？咦咦咦？咦咦？」

眼淚接連不斷地滾落而出，即使再怎麼以手背抹開，芽衣子的淚水還是停不下來。

「為什麼呢？好奇怪……阿姨，妳不要取笑我唷？」

照片中仁太的母親沉穩地微笑著，當然不至於真的發出笑聲，但是——相對地「叮咚」一聲，應該故障了的門鈴聲清亮響起。

「……咦？」

噠噠噠，芽衣子跑上二樓，回到仁太的房間，然後從敞開的窗戶往外探出頭一看。

「……安鳴?!」

已經放學的鳴子正站在玄關門前。

芽衣子非常開心，忍不住正想大力揮手時。

（安、安鳴……會害怕成了幽靈的芽芽嗎？）

昨晚鳴子的表情掠過芽衣子的腦海。她很吃驚……瞪大了雙眼。芽衣子心想，自己還活著的時候，鳴子從沒有用那種眼神看過自己。

（我果然……不喜歡吧。）

超和平 Busters 的大家害怕自己。

（……我不喜歡。）

鳴子的表情明顯十分僵硬。

按下門鈴後，沒有任何人出來，但鳴子仍是無法動彈。

她覺得仁太應該在家吧，只是假裝不在。因為那個房間的窗戶開著。

二樓的角落房間。如果配置與小時候一樣，那裡應該就是仁太的房間。熏黑了的蕾絲窗簾搖搖晃晃。

（芽芽……也在那個房間裡嗎？）

這時起了風，忽然在一瞬之間，窗戶的窗簾被風吹得鼓了起來。
窗簾回到原位的時候——出現了有些奇妙的「凹陷」，簡直就像有「看不見的某人」站在那裡一樣。
「！」
鳴子驚慌失措，但是……心跳很快就恢復平穩。
應該已經變色的蕾絲窗簾在陽光下變作鮮豔的白，擺動的姿態非常溫柔沉穩，就像「她」那天穿著的連身裙一樣——
忽然之間，鳴子難以自制地理解到了，站在那裡的是——
「芽芽……妳在那裡嗎？」
芽衣子確實聽見了鳴子非常非常輕細的低喃。音量上並無法清楚聽見，但從鳴子的唇形和表情，可以感覺到她正想著自己。
「啊……！」
鳴子話聲中的語氣，很顯然是對著「真的在那裡」的人。

（安鳴叫了芽芽……！）

於是，芽衣子的臉頰再度滑下淚水。

「再叫一次……芽芽的名字，安鳴……！」

芽衣子衝出房間，在樓梯上上下下，感到眼花繚亂，心臟怦怦跳個不停。鳴子認出自己了。跟以前一樣，叫了自己的名字。

芽衣子再也沒有多餘的心力去思考複雜的事情，帶著雀躍不已的心，將手伸向玄關大門——

# 夏天的猛獸

秘密基地裡逐漸染上夕陽的紅色。久川的鼾聲支配了四周，與芽芽的均勻呼吸聲不同，這傢伙的鼾聲是破壞力十足的暴君。

怎麼回事呢？真是不可思議的光景。

莫名無法回家的我、不知為何無意回家的鶴見，以及說昨晚幾乎沒有睡著，在訪客面前滿不在乎地鼾聲大作狂睡的久川。

但是，和他們待在一起，我並不覺得度秒如年。

鶴見在看小說，我則玩著久川持有的一無是處蠢遊戲……數小時就這麼一晃眼過去了。

感覺就跟小時候一樣。

小時候一天總是過得飛快，快得教人吃驚。可是，現在大概是因為一直待在家裡，我總是急躁地忍受著時間一分一秒慢慢流逝。但芽芽出現了以後，停滯不動的時間又開始流動起來……

這時，鶴見抬起頭。

「……來了。」

「咦……」

喀沙咚沙，踩著地面的腳步聲響起，接著門被人打開——

「晚安～…」

走進來的人是安城，鶴見的側臉一瞬間顯得很失望。在我思考她露出那種表情的涵義之前……

「……咦！」

對大家來說，我的表情一定更對他們造成衝擊吧。

「芽芽?!」

「仁太～好久不見噗哩噗哩～……啊，這次並沒有那麼久吧！才過了半天左右而已！」

芽芽勾著安城的手臂，輕巧地探出頭來。

和白天一樣在入口旁用毛巾毯裹住全身的久川也慢吞吞地抬頭。

「哦……嗯哦？仁太？你、你說了芽芽嗎？」

「芽芽……在那裡嗎?!」

糟了……！

我克制不住就大叫出聲。因為安城跟芽芽竟然一起出現，這種事情我實在是難以想像。

果不其然，久川與鶴見都神色僵硬。然而——

「……她果然在呢。」

安城卻露出了像傷腦筋，又顯得有些靦腆的奇妙表情，然後看向芽芽勾著的右手臂。

「她在這邊附近吧？……感覺有點重。」

「嘿嘿，答對了——！」

面對這種狀況……我該有什麼感想才好？我一點頭緒也沒有。

「妳們為什麼一起出現?!」

「呃……算是偶然間遇到了吧。」

「遇到？妳不是看不見芽芽嗎！」

「嗯～是沒錯啦……」

芽芽噠噠噠地跑向我。

「安鳴去了仁太家唷！」

「咦……」

「她一直站在家門外面，要來見仁太和芽芽唷！」

安城她？該不會……是在意早上那件事？

我訝異地抬頭，大家則帶著意義並不相同的另一種驚訝望著我。

「喂！芽芽說了什麼?!」

「啊……呃——」

「啊！芽芽家裡也有這個！」

芽芽完全沒有顧及眼下的氣氛，撲向鶴見帶來的二手咖啡機。

「……她說自己家裡也有這台咖啡機。」

「啊——?!」

目瞪口呆指的就是這種情形吧。他們三人全都微張著嘴巴，做出同樣的表情……但說得也是。昨晚幾乎沒有交談，現在是實質上的第一次接觸，提出的話題卻是咖啡機。

「煮好的時候，最後機器會發出『啵叩咚』一聲喔！『啵叩咚』！」

「呃……她說煮好的時候，會發出『啵叩咚』一聲。」

「啵……叩咚……」

這些對話毫無半點緊張感，特地代為轉達讓我覺得很難為情……但是，安城低聲說了：

「……總覺得，這很像芽芽會說的話呢。」

「咦……」

這句話似乎成了導火線，久川站起身子。

「對了，也倒杯咖啡給芽芽喝吧！」

「久川……」

然後他往馬克杯裡倒了一杯咖啡，再遞向半空中。

「欸，仁太，芽芽在嗎？這邊？還是這邊？請喝吧！」

「久川，你……！」

「……要給芽芽嗎？」

芽芽愣愣地看著遞到自己眼前，一下子又往旁或斜向移動的馬克杯，一臉不敢置信的模樣。

於是換作鶴見開口說了：

「……芽芽不敢喝苦的東西吧？」

「鶴子……?!」

「對啊。如果跟那時候一樣……必須替她加一大堆牛奶才行。」

安城也接在鶴見後面說道。

「安嗚……！」

沒有人……在這裡的所有人，沒有一個人否定在場的芽芽。

沒錯，這裡……

「名字。」

這裡有著芽芽的名字。

我不希望他們將芽芽當作是幽靈。但是……是我多慮了。

不是幽靈，不是幻覺也不是夏天的野獸，大家認為芽芽就是芽芽。芽芽的名字，確實存在於這裡。

明明看不見她，但他們果然——

「啊……！」

芽芽的眼眶赫然湧現淚水。

「大家……我最喜歡大家了——！」

然後芽芽撲向久川抱住他的腰。

「波波！波波！波波——！」

「唔?!咦、咦……怎麼回事？」

我忍不住噗哧笑了出來。

「芽芽正抱著你喔。」

「咦！芽……芽芽——！」

「呀——！」

「喂，真是好久不見啦！芽芽……啊，妳是抱住了我的肚子吧！喂喂，害我都想尿尿啦！」

久川興高采烈地開始在四周旋轉繞圈，芽芽尖聲叫著努力想追上他。

「波波，你可以去上廁所唷！芽芽會陪你去！」

「芽芽說會陪你去上廁所。」

「哦哦，芽芽妳最好別看！對小孩子來說刺激有點太大了！」

「咦咦咦～」

說著說著，久川與芽芽走出了基地的大門。

「一、一起上廁所……？真是……真的一點緊張感也沒有耶……」

安城哭笑不得地嘀咕……我虛脫無力地癱坐在原地。

「宿海？」

芽芽那麼高興的樣子……

「太好了……」

我無意識間這麼低喃，鶴見側頭瞥了我一眼。

「剛才我也說過了……我並不是完全相信你。」

「……啊，嗯。」

「不過……」

鶴見筆直注視著前方，彷彿預見到了有什麼事情今後將要到來——

「也有些事情若不去相信，就無法往前進。」

「咦……？」

就在這時——碰！

「嗚噢噢噢噢噢噢噢！」

「嗚呀啊啊啊啊！」

大門突然用力打開，久川與芽芽飛也似地衝進來。

「久川，你的拉鍊全開了。」

「啊，歹勢……不是啦！出現了……出現了！」

「咦？出現了什麼……？」

「芽芽！」

「就是芽芽啊！」

「……啥啊啊啊啊啊?!」

我在夏夜裡奔馳。

在熱死人的天氣裡，只有昆蟲演奏著初秋的音色。

啊啊……我真的一直到處跑耶，昨晚也在這片森林裡奔跑過。小的時候，每天都在這片森林裡狂奔。

「呼……呼！」

我上氣不接下氣，體力果然下滑了不少。

久川早已跑在離我相當遠的前方，鶴見與安城跑向了與我不同的方向。意識到時，四下也不見芽芽。

我才不相信另一個芽芽的存在。

起初當久川吵吵鬧鬧說著看見芽芽的時候，我還心想那也許有可能吧。芽芽是我的幻覺，那其他人看得見也不奇怪。

但是，我已經無法相信了。因為芽芽是愛哭鬼，個性又少根筋，卻總是窺看他人的臉色……從頭到腳徹徹底底就是芽芽，甚至到了令人悲傷的地步。

與其被認為是幽靈，不如當作是幻覺還比較好的這種想法，也老早就消失無蹤。芽芽就是芽芽，如假包換的芽芽。

但是……與之同時，我也產生了另一種心情。

如果真的還有另一個芽芽；如果那個芽芽沒能和任何人在一起，孤伶伶地一個人。

那我——想要找到她。

我想確認，想呼喚她的名字。縱然我看不見，我也想去「理解」。

如果另一個芽芽也懷抱著芽芽體會過的，那種自己成了「外人」的心情……

那樣子太痛苦了。

「嗚噢噢噢噢噢！」

聽見久川的大喊，我驚覺地仰頭。

樹木與昆蟲的鳴叫聲讓人迷失了距離感。我這才發現不單久川，鶴見、安城和芽芽，都離我比預想的還要近。

「我找到了……是芽芽！」

「咦……?!」

久川指著的方向——

「！」

視線的遙遠前方，一道白影快速地橫切過樹木之間。那隨著晚風飄揚的連身裙襬是……

「……芽芽?!」

# 懲罰

聽見久川的大喊聲，「芽芽」瞇起眼睛，心想他們不可能找到自己，至少不可能追上自己。「芽芽」對這片森林的地形瞭若指掌，現在也已經跑得比超和平Busters的所有人還快。

光是讓大家稍微聞到「芽芽」所留下的殘香，久川他們就已往截然不同的方向找去。

「芽芽」沒有發現，即便好不容易離開黑暗，夜晚也已經逼近四方。沒有發現離開黑暗後，也只是進入另一片黑暗。

「……」

「芽芽」躲在樹蔭後頭，望著跑過腳邊底下草叢的仁太。仁太看不見自己。

沒錯，仁太不可能看見「芽芽」，絕對。

看著仁太笨手笨腳奔跑的樣子，一股想笑的感覺湧上心頭，「芽芽」禁不住揚起嘴角。

這時，知利子突然扯開喉嚨大喊：

「……真是夠了！」

所有人都將目光投向知利子。當然，「芽芽」也是。

知利子以自己的身體確實承接下眾人的目光，凜然地仰起頭——然後說了：

「你的塊頭那麼大，就算腿毛剃得再乾淨，還是太勉強了吧……松雪集！」

「咦……！」

聞言，「芽芽」全身顫動了一下。

這陣驚慌讓「芽芽」不由得動起雙腳，採取了「逃跑」這項行動——沙沙！下意識的判斷使得鞋底掠過夏季雜草，製造出嘈雜的聲響。

「啊……在那裡！」

「?!」

聽到鳴子的大叫，「芽芽」的身體彈了起來。

快逃，快逃，「芽芽」。再這樣下去，又會被困在黑暗中。大家會忘了自己。絕不能讓他們忘了自己。但是，不能夠被捉到。

「芽芽」奔跑著，沒有注意腳邊，不停奔跑。在夜晚的森林裡，卻不留意腳邊？這是致命的疏失——就算「芽芽」跑得再快。不，正因跑得極快，一旦腳尖像那樣勾到了突起的樹根，再加上極快的奔跑速度，「芽芽」的雙腳立即打滑——

沙沙沙沙……！

「喂、喂，掉下去了嗎……?!」

由鐵道打頭陣，超和平 Busters 跑了過來，以手上的手電筒照向白色連身裙人影滑落的地方。手電筒的光芒在黑暗中迷失了一會兒後——隨即找到了。

「啊……！」

眾人不約而同倒吸口氣。

他們親眼目睹到了，穿著白色連身裙的另一個芽衣子的真面目是——

「……雪集。」知利子小聲輕喃。

久違地，真的是久違了，知利子用小名呼喚他。

他的樣子……實在是難看無比。

肌肉強壯隆起的上臂從蕾絲袖口往外延伸，胸前別著藍色蝴蝶結。原本那件連身裙上沒有蝴蝶結，是為了模仿芽衣子另外加上去的吧。看來莫名富有彈性，散發著光澤。

此外，月光下銀光閃閃的頭髮……在集頭上連同頭皮有些偏離正常位置，底下可以看見真正的頭髮。

那是假髮。

好一半晌呆若木雞地望著集後……仁太恍然驚覺。

「芽芽……」

芽衣子已經走下斜坡，正往集靠近。他慌忙跟在芽衣子後頭。

「芽芽，等一下……?!」

沙沙！仁太滑下斜坡——然後驀地停下。
原先一動也不動地低著頭的集……抬起了臉龐，眼神格外凶狠猙獰。
「啊……你、你沒事吧……？」
仁太用一點也不可靠的聲音問集。
「問我是不是沒事……？」
集咧嘴露出教人發毛的笑容。仔細一瞧，他的臉比平常要白，嘴唇也是淡桃色。看樣子甚至化了一點淡妝。
「我看起來像沒事嗎？」
「啊……」
「看啊——你看清楚了！」
集無預警地揪住仁太的衣領，更順著這股力道改變姿勢，跨坐在仁太身上。
「唔……?!」
「喂！雪集，住手……！」
鐵道緊接著正想走下斜坡時，知利子將手搭在他的肩膀上。

「久川，拜託你，先別管他們。」

「咦？可、可是……」

「這是機會……要是錯過了這一次……肯定不會再有了。」

在知利子、在眾人的注視之下，打扮成芽衣子的集整個人壓在仁太身上。

「喂……我看起來像芽芽嗎？」

「唔……！」

「你看得見芽芽吧？我看起來像芽芽嗎……看起來很像嗎?!」

「雪集……唔！」

集使盡全力揪起仁太的衣領，兩人的臉龐近得可以感覺到彼此的呼吸。

「都是我害的。」

「！」

「那一天芽芽會死——都是我害的。」

「你、你在說什麼啊？根本不是你的錯！反而是我害的……唔?!」

「我都說了是我害的吧——！」

集更是激動地搖晃仁太的衣領。這時，仁太忽然發現——有淚水滴答滴答地落在自己的臉頰上。

「咦……？」

「如果我沒有對芽芽說那種話，芽芽就不會死……是我害死了芽芽！」

淚雨不間斷地自集的雙眼淌下。

「芽芽如果要出現，也應該是在我面前……就算變成了厲鬼，就算要詛咒我……也應該是出現在我面前啊……！」

芽芽如果出現——

仁太倏地移動目光。芽衣子一直注視著兩人的互動——筆直毫不逃避。

「可是，芽芽沒有出現在我的面前……！」

明明芽衣子就站在集的身旁。

「所以，芽芽已經不在了……她早就不在了！」

沒錯，就在他身旁。未能如願緊抱住她，相對地拚命想拉近她的身影，期望著能與她的模樣合而為一——明明那個對象，芽衣子就在這裡，集卻無從察覺。

縱使像這樣哭喊，縱使這般戀戀不捨。

「松雪……芽、芽芽？」

仁太驚覺地低喊後，集的眉毛挑動了下。

「……咦？」

芽衣子走向集……輕輕地擦去他的淚水。

「剛剛……」

集發現了。某種溫暖又柔軟的事物，輕輕觸碰了自己的臉頰。

「芽芽……在碰你。」

「啊……啊。」

集開始劇烈顫抖。

「住、手……不可能……不、不可能……」

他感覺到了。超越了大腦的理解範疇，透過懷念的溫度感受到了芽衣子。

他很混亂，想要否認，但又想要接受。接受一直一直以來尋覓渴望的芽衣子。

芽衣子看向仁太，在他耳邊輕聲說了幾句話。仁太接下了芽衣子的心意，微微微點一點頭。
「芽芽她說了……」
「咦……」
「謝謝你的髮夾，還有對不起……」
「！」
集的身體大幅彈起，逃也似地從仁太身上跳下來。
「松雪……！」
然後集就這麼跑上斜坡。
「喂、喂，雪集……！」
無視於倉皇失措的鐵道和鳴子——緊接著集也直接走過知利子身旁。
「……」
知利子深深地長嘆一口氣。平常總是怕冷的她，襯衫背面卻因汗水全部濕透。
那一天，是集永遠也忘不了的記憶。

那一天，仁太衝出秘密基地後，芽衣子追了上去——他也追向芽衣子。

「芽芽，等一下！」

「不、不能等啦！再不快點，仁太要跑掉了……」

「那種傢伙別管他就好了！」

集大吼後，芽衣子忍不住停下腳步。

「芽芽才不是醜八怪……」

集窸窸窣窣地將手伸進短褲口袋裡，拿出了一個髮夾，上頭有著小巧的粉紅色花朵。

「喏。」

「咦……」

「這是髮夾，我覺得很適合芽芽。」

這是他一個月前買的，一直想要交給她，卻遲遲找不到時機——不過現在機會來了。

集滿臉通紅，不敢直視芽衣子地大聲說：

「送給我最喜歡的芽芽……！」

告白。對集來說，對接受的芽衣子來說，這都是人生第一次的告白。然而……

「啊……對、對不起！」

芽衣子慌慌張張地將其撇開。

「咦……」

「那個……仁太要跑掉了！呃，對不起……下次再說吧！」

芽衣子啪噠啪噠地跑遠。

集只能默默注視著她的背影，然後——

「……可惡！」

他大聲怒罵，同時將手上的髮夾扔向草叢。

跟那個髮夾如出一轍的髮夾……集擁有的「芽芽」確實戴著。

那已經不是「芽芽」，而是集執著的殘骸……不過只是假髮。是別著髮夾的，芽衣子的空殼。

集坐在橋邊，直勾勾凝視著假髮，連身裙落在腳邊……他只是隨意地將連身裙套在背心與短褲這樣休閒的裝扮上。

集刻意讓自己能夠輕易脫下「芽芽」……如果連心也能像這樣輕易地穿脫，也許他早就得救了吧。

「真難看。」

他吃驚地抬起頭來。

知利子就站在眼前，追著集來到這裡。

「……滿意了嗎？」

「……」

「妳明明全都發現了……」

「你不是正希望我發現嗎？」

知利子知道集在哪裡買了這件連身裙。某次放學後，他要她陪同一起去買東西。不光是連身裙，髮夾也是。但他竟然連假髮也有，這倒是教她驚訝。

知利子沒有詢問買這些東西的用途，集也無意說明。這樣子就好了。

無聲之中，他們一起共有彼此懷抱著的「與芽衣子有關的傷痕」。那和小時候不同，是附屬於現在兩人的新關係。

原本——有著這一層關係。但是，知利子……

「為什麼背叛我？」

「……」

「妳究竟想做什麼？」

（我想……做什麼？）

知利子也不是很清楚明白自己的心情。但是，她想解救集，想將他從「芽芽」這片黑暗中拉出來……

她早知道這種事情不可能，也許結果只會傷害到集。但是，知利子也暗想著。

（我也……一定會受傷。）

「借我。」

「啊……」

知利子自集的腳邊撿起連身裙。

啪沙……

她將大尺寸的連身裙套在自己的衣服上，再搶走集拿在手上的假髮，戴在頭上。沙沙地簡單調整好銀髮後——知利子搖身一變成了「與芽芽一模一樣」的姿態。

「芽芽……！」

集看著出現在眼前的芽芽，熱淚盈眶，癱軟似地緊抱住與芽芽「一模一樣」的知利子的腰。

知利子摸著集的頭髮。依稀有著夏草香氣，柔軟的淡褐色髮絲。

「芽芽……妳不要再離開我了……」

集反覆再三地用臉頰磨蹭知利子的腰。知利子露出和煦微笑，輕輕頷首。

「知道了……我會永遠陪在你身邊，雪集。」

永遠陪在你身邊。

……知利子確實受了傷。

她想像著實際上不可能發生的事情，只能定定凝視著手上的連身裙。

（我不可能變成芽芽……）

集緩緩起身。

「……你要去哪裡？」

「當然是回家。」

「連身裙呢？」

「還給我。」

「……」

知利子遞去連身裙，集一把搶過後跨步離開。

一邊目送著他的背影，知利子一邊思索——該怎麼做，這個漫長的夜晚才會迎來終結呢？她不知道。

心好痛。知利子受了傷。但是，她不能哭。

因為眼前的集，遠比她受到了更多傷害。

集的「芽芽」消失了。

但是……只是看起來消失了。這裡、那裡，「芽芽」無所不在。

誰也逃離不了「芽芽」，雙腳被「芽芽」的身影束縛住。

月光照亮了流動的河水，潺潺的清涼水流聲正細語呢喃著：「永遠都不會原諒你們——」

# 我與芽芽

與久川及安城道別後，我和芽芽踏上歸途。
芽芽她……那個愛吱吱喳喳喋喋不休的芽芽，始終一言不發。所以，我也只是靜靜走著。
剛才被松雪揪起的胸口還帶著些許熱意。
我想對芽芽說幾句話，但又想不到該對她說什麼才好。
說不定芽芽的心情也和我一樣。或許她也想說些什麼，但是……早在所有話語湧上喉嚨之前，就被不時浮現至腦海的松雪那副身影，被模糊不明的心情抹除。
昏暗的鄉間道路上，街燈稀疏林立，每一盞燈之間的距離都很遠。才剛照亮了芽芽，轉眼間她又消失在黑暗裡。

早晨快點到來吧。
我向著夜色尚淺的夜晚祈求。
快點變成早上……為我照亮芽芽的笑臉吧。

# 記憶其三

毛巾水母形成的白色花朵逐漸消失。

消失的瞬間必須許願才行。就跟流星一樣，要向消失的東西許願。

要許什麼願望呢？

不行，已經消失了。白色的花朵，不要走。雖然我很笨，對了，神啊……

神啊，希望我們還能再見面。

——待續——

國家圖書館出版品預行編目資料

未聞花名（上）／岡田麿里 著；許金玉
譯.--初版.--臺北市：平裝本. 2015.8
面；公分（平裝本叢書；第417種）
（@小說；49）
譯自：あの日見た花の名前を僕達はまだ知
らない。上巻
ISBN 978-957-803-974-2（平裝）

861.57　　104013561

平裝本叢書第417種
@小説049

# 未聞花名（上）

ANOHI MITA HANA NO NAMAE WO
BOKUTACHI WA MADA SHIRANAI 1



作　　者—岡田麿里
譯　　者—許金玉
發 行 人—平　雲
出版發行—平裝本出版有限公司
台北市敦化北路120巷50號
電話◎02-27168888
郵撥帳號◎18999606號
皇冠出版社(香港)有限公司
香港銅鑼灣道180號百樂商業中心
19字樓1903室
電話◎2529-1778　傳真◎2527-0904
總 編 輯—許婷婷
美術設計—程郁婷
著作完成日期—2011年
初版一刷日期—2015年8月
初版十刷日期—2024年3月
法律顧問—王惠光律師

讀者服務傳真專線◎02-27150507
電腦編號◎435049
ISBN◎978-957-803-974-2
Printed in Taiwan
本書定價◎新台幣250元/港幣83元